후드득
후드득 하늘통신

후드득 후드득 하늘통신

글 조현아 조현주 외

그림 조현미

| 차례 |

1장
현아 이야기

설날 전 백화점 식품 매장에는 선물 세트로 가득했다. 선물 하나를 고를 요량으로 이곳저곳을 둘러보다가 녹차를 파는 매장에서 발이 멈췄다.

유리 주전자에는 국화 차가 오롯이 담겨 있었다. 김이 모락모락 나는 그것을 바라보고 있자니 점원이 다가와 나에게 물었다 "누구에게 선물하실 건가요?" 당황한 마음에 성급히 "네에"라고 대답하니 관심을 보였던 국화 차 세트를 점원이 가져와 펼쳐 보인다.

"남자나 여자 누구에게나 다 좋은 차예요, 맛도 좋지만 보여주는 맛이 그만이죠" 하며 점원이 국화 차 한 잔을 권했다.

그 향긋한 차를 엉겁결에 받아 든 나는 이내 코끝이 찡하게 올라와 차마 마시지 못하고 그대로 서있었다.

동생 현아가 좋아하던 국화 차는 너무나도 아름다웠다. 말린 꽃 몇 개를 유리

잔에 넣어 뜨거운 물을 부으면 향긋한 내음을 풍기며 싱싱한 옛 모습으로 활발하게 되돌아가는 것이었다. 그것이 재미나고 맛 또한 은은해서 현아는 국화 차를 좋아했었다. 그리고는 나에게도 먹어보라며 보내기도 했었다.

하지만 나는 흥미로운 그것을 챙겨 먹을 정도의 삶의 여유가 없었다. 그 국화 차는 찬장 어디에 박혀 있었고 그 차가 아직도 한참이나 남아 있을 무렵 동생이 갑자기 쓰러졌다는 말을 들었다.

형제 중 막내 현아는 누구보다 사랑이 많고 살가운 아이였다. 재능도, 하고 싶은 일도 많았던 아이.

국화 향과 맛이 따스하다. 현아는 이 맛을 알고 있었던 것이다. 포근한 햇살 같은 맛… 그것을 쇼핑백에 넣어 백화점을 나섰다. 조카 정빈이에게는 국화 차가 반드시 필요하다. 훗날 엄마의 빈자리로 인하여 슬프거나 외로울 때 그것을 메울 무엇인가가 필요한 것이다. 그녀의 삶이, 그녀의 너그러움이, 그녀의 사랑이 어떠했는지 가장 가까이에서 보아온 내가 잘 알고 있다.

국화 차같이 주위를 따스하게 해주었던 동생… 그녀의 아들 정빈이에게 자세히 들려주고 싶다.

#발발이

엄마가 어렸을 적 현아에게 붙여준 별명은 '발발이'였다. 4남매 중 막내 현아는 엄마 손을 놓고 앞서 가는 통에 유독 길을 잃어버린 적이 많았다.

주일 어느 날이었다. 5살 현아와 7살 나, 그리고 한 살 위인 언니는 교회 어린이 예배가 끝나고 부모님과 만나기로 약속된 장소로 가고 있었다.

우리는 엄마가 일러준 대로 손을 꼭 잡고 인파를 헤치며 걸어가고 있는데 잠시 후 내 손을 잡고 있던 현아가 불현듯 사라져버렸다. 언니와 나는 다급해진 마음으로 이리저리 찾아보았지만 동생의 흔적은 찾을 수가 없었다.

놀란 엄마가 울부짖으며 현아를 찾으시던 목소리는 지금도 기억에 생생하다. 아빠 또한 이웃집 자전거를 빌려 타시고는 이 골목 저 골목 정신없이 찾아 다니셨다.

그러나 현아는 하루 종일 발견되지 않았다.

기진맥진해진 부모님이 늦은 저녁이나 되어서 집으로 돌아오셨는데 때마침 화장품 판매 아줌마가 현관 밖에서 엄마를 불렀다. 그분은 영업 길에 다른 동네 어느 집에서 이 집 막내가 저녁밥을 먹는 것을 보고 의심스러워 와봤노라 하였다.

부모님은 말이 끝나자마자 그곳을 찾아가셨고 예쁘게 생겨서 양녀로 키우고자 울고 있는 아이를 데리고 왔다는 그 안주인에게서 현아를 되찾아올 수가 있었다.

현아는 궁금한 것도 많았지만 한편 순하기도 했다. 엄마의 말로는 마당에서 혼자 놀다가도 졸리면 대문에 기대어 그냥 잠들어 버려 어른들을 놀라게 한 적이 한두 번이 아니라고 하셨다.

온 가족이 외출하는 날엔 어김없이 우리를 앞질러 쫑쫑 뛰어가는 동생에게 엄마는 "발발아 그만~" 하시며 강아지 같은 아이를 불러 세우셨다. 깔깔거리며 우리들은 "현아는 발발이래~" 하며 놀렸다. 뒤돌아 멈춘 어린 현아가 우리를 보고 배시시 웃었다.

#언니의 급식빵

초등학교 일학년이었던 언니는 토요일마다 학교에서 주는 급식빵을 다 먹지 않고 남겨 두었다가 나와 현아에게 나눠 주곤 하였다.

엄마는 작고 마른 언니에게 왜 빵을 다 먹지 않고 남겨왔느냐고 나무라셨지만 언니는 어김없이 우리들에게 몰래 빵을 남겨주었다.

훗날 언니는 대문 앞에 앉아 자신을 기다리고 있는 어린 동생들이 떠올라 그 맛난 빵이 잘 넘어가지 않더라고 했다.

우리들은 골목 끝에서 학교에서 돌아오는 언니가 보이기 시작하면 달려나가 가방에서 꺼내 다정하게 건네주는 그것을 덥석 물었다. 그러면 포근하고 고소한 행복이 입가에 가득 퍼져 세상 부러울 것이 없었다.

그 후 나 역시 학교에 입학하게 되자 토요일 급식빵을 받게 되었다. 나도 언니처럼 당연하게 빵을 남겨야 할 것만 같았다.

현아에게 줄 빵을 가방에 넣고 집에 오니 대문 앞에서 쓸쓸히 나를 기다리던 동생이 보였다. 덩그렇게 남았던 현아가 나를 보자 금방 생기가 돌아서 달려왔다. 안쓰러운 마음에 얼른 남은 반쪽을 꺼내 주었다. 웃으면서 맛있게 먹고 있는 현아를 보니 왠지 내 마음이 더 달콤해지는 것 같았다.

현아는 너무나도 예뻤다. 사 남매 중에 잘생긴 엄마를 제일 많이 닮아 보는 사람들마다 칭찬이 넘쳐났었다. 그러나 현아는 그 소리가 듣기 싫다고 했다.

나는 이해할 수가 없었다. 예쁘다는 소리를 한번도 못 듣고 자란 나로서는 왜 그런 소리가 싫은지 은근히 시샘과 함께 의구심이 들었다.

하지만 그 날을 생각해보니 현아 마음을 알 것만 같다.

설날이었다. 많은 친척들이 안양 큰집에 모여 식사 후 즐겁게 이야기를 나누고 계셨다. 현아와 나는 따로 작은방에서 놀고 있었는데 매년 어린아이들을 놀리는 짓궂은 아저씨가 우리 방문을 빼꼼이 여시며 "동생은 엄마 닮아 예쁜데 언니는 다리 밑에서 주워와 못생겼구나." 했다. 그 순간 나는 매년 동생하고 비교 당한 설움과 그 아저씨에 대한 화가 복받쳐 그냥 큰집에서 뛰쳐나왔다.

밖으로 나와 씩씩거리며 소복이 쌓인 눈을 밟으며 버스 정거장으로 향했다. 그때 놀라서 같이 따라 나온 현아가 뒤에서 나를 불렀다.

“언니~ 언니.”

괜스레 동생에게 미운 생각이 더 들어 대꾸도 안 하고 무작정 걸었다. 나를 부르는 현아의 목소리에 울음이 섞여 있었다. 그래도 화가 누그러지지 않아 가라고 소리쳤다.

한참을 눈길을 걸어 정거장에 도착했는데 뒤따라오던 현아가 보이지 않았다. 말 없이 사라진 것이 걱정도 되거니와 돈 한 푼 없이 집에 돌아 갈 배짱도 없어 다시 큰집으로 향했다.

그때 저쪽에서 동생이 다시 나에게 뛰어오는 모습이 보였다.

“언니, 내가 그 아저씨한테 가서 말했어.”

“뭐라고?”

“언니 마음 아프게 하지 말라고.”

현아는 친척들이 모여서 놀고 있는 방문을 열고는 다짜고짜 울면서 소리쳤다는 것이었다.

순간 마음이 짠해져 왔다. 이 어린 동생이 그 동안 자신 때문에 비교 당했던 나의 설움을 눈치 챘고 또 그로 인해 속상했었다는 사실을 알게 되었다.

수줍음 많던 현아가 대담하게 어른들 앞에서 소리칠 만큼 크고 순수한 사랑에 그 동안 쌓였던 내 마음의 상처가 눈 녹듯 사라지는 것 같았다.

우리 둘은 아무 말 없이 차가워진 손을 서로 꼭 잡고 큰집으로 되돌아갔다. 현아가 소리쳐서 더 들어가기가 어색했지만 기분은 좋았다.

결국 동생한테 혼난 아저씨가 무안한 표정으로 나에게 미안하다고 사과를 한 것으로 그날의 작은 소동은 끝이 났다.

유년기를 서울 대방동에서 보낸 우리들은 특히 골목에서 추억을 키우며 자랐다.

유난히 아기를 좋아했던 우리들은 아이가 있는 집을 찾아다니며 놀기도 하면서 돌봐주었다. 우리들이 오는 것을 쌍수 들고 환영했던 엄마들 덕에 맛있는 간식도 종종 얻어먹기도 했다. 특별히 현아 친구인 소연이와는 각별해서 같이 인형놀이를 하거나 숨바꼭질이나 다방구 등 다양한 놀이로 온종일을 보냈다.

한참을 정신없이 놀다 보면 어스름한 풍경 안으로 여기저기 저녁 밥 냄새가 새어 들어왔다.

우리 엄마는 고등어구이를 자주 해주셨는데 그 냄새는 우리집 담벼락 너머 엄마가 밥 먹으라고 부르는 소리와 함께 풍겨왔다.

그러면 우리들은 놀이를 끝내야 된다는 아쉬움 반, 엄마가 불러 집에 돌아가 맛난 고등어를 먹을 수 있다는 안도감 반으로 집으로 들어가곤 했다.

그렇게 매일 설레는 놀이에 빠져 시간 가는 줄도 모른 채 유년의 하늘이 코발트

색이 될 때까지 우리들은 작은 동네 어느 골목에 숨어있던 유쾌하고 순수했던 시간

들을 찾아냈다.

석유파동으로 온 나라가 들썩이던 때가 있었다.

우리 집도 예외가 아니어서 하루하루 부모님의 한숨 소리를 듣게 되었다.

그러던 중 그 당시 초등학교 6학년이었던 오빠가 이상한 행동을 해 엄마가 걱정을 많이 하신 적이 있었다.

오빠는 매일 오후만 되면 밖으로 나가 어두워지면 들어왔는데 어디 갔었느냐고 엄마가 다그쳐도 친구들하고 그냥 놀았다는 말만 하고는 자리를 피하는 것이었다.

어느 날 어김없이 나가는 오빠를 보고는 우리 자매들이 뒤를 졸졸 따라 갔었다. 오빠는 뒤돌아 쫓아오는 우리를 보고는 가라고 소리쳤다.

우리들은 걱정스런 마음이 가득했지만 호통에 바로 집에 들어갈 수밖에 없었다. 그날 저녁 오빠는 우리들에게 어린이 신문을 가져다주었다. 어린이 신문에는 재미있는 만화가 연재되었는데 거의 한달 내내 어린이 신문을 볼 수 있었다.

결국 오빠가 저녁마다 나가는 이유를 아빠가 알게 되었다. 부모님의 짐을 덜어드

리려고 신문배달을 하게 되었다는 말에 우리 부모님들은 안쓰러워 하시면서도 내심 대견스러워하셨다.

어린 오빠였지만 우리 자매에게는 다정하면서 듬직한 방패였다. 우리들을 놀리는 짓궂은 남자애들이 있다고 하면 대문 밖으로 뛰쳐나가던 어린 오빠의 등이 얼마나 자랑스러웠고 든든했던지, 지금도 오빠를 보고 있으면 그때 우리를 위해 앞장섰던 그 등이 떠오른다.

현아를 잃고 깊은 슬픔에 빠졌던 오빠, 이제 우리 현아가 있는 천국에 소망을 두고 살아요. 현아가 있는 천국은 더 이상 두렵고 낯선 곳이 아니잖아요.

첫 나들이

중학교 입학 후 얼마가 지나 아빠가 딸 셋을 불러 모아놓고 돈을 주시더니 서울 촌놈으로 살지 말고 너희들끼리 하루쯤 마음대로 시내 구경을 하라고 하셨다.

우리 자매 셋은 자유와 모험의 기회를 주신 아빠의 말에 기쁨보다는 두려움이 더 컸었다. 학교와 집밖에 몰랐던 우리 자매는 부모님 동행 없이 단독으로 외출한 적이 없었기 때문이었다.

하지만 무서운 아빠인지라 토 하나 달지 못하고 우리들은 떨리는 마음으로 무작정 버스를 탔다. 그날 부슬비가 내렸는데 목적지 없이 떠나는 첫 나들이는 설렘과 걱정이 뒤섞여 있었다.

버스가 풍경 좋은 덕수궁에 다다르자 우리들은 서둘러 하차를 했다. 그리고 처음으로 덕수궁 돌담길을 걸었다. 비에 젖은 돌 냄새가 좋았고 고궁 기와가 물기를 먹어 짙은 색을 내는 것이 아름답게 보였다.

우리는 그제서야 들뜨기 시작했는데 두려움보다 즐거움이, 걱정보다는 해방감이

후드득 후드득 하늘통신

느껴졌다.

그렇게 여기저기 쏘다니면서 하루를 다 보내고 나니 어느덧 비도 그쳤다.

집에 돌아오는 버스 안에서 우리들은 작은 자신감 하나씩을 얻어 왔음을 서로의 표정에서 발견할 수 있었다. 비록 버스 안에서 우리가 아끼던 꽃무늬 우산을 깜빡하고 놓고 내렸지만 그날의 기억은 잃어버리지 않고 마음 깊이 간직하고 있다.

아빠는 대방동 집 근처에서 카본잉크 공장을 운영하셨다. 공장 사무실에서 일하는 열아홉 살 미스 리 언니는 평소에 우리들과 친하게 지냈다.

어느 해 가을, 저녁밥을 먹으면서 『딱따구리』라는 만화영화를 보고 있는데 여느 날과 달리 이상한 불안감이 느껴지기 시작했다. 나뿐만 아니라 가족 모두가 불길한 예감을 어렴풋이 느끼고 있는데 창밖으로 미스 리 언니가 우리를 애타게 부르는 소리가 들려왔다.

창 열고 바라보니 공장 있는 곳에서 불길이 환하게 올라오고 있었다. 가슴이 둥둥 뛰기 시작했다. 가족 모두가 공장으로 달려갔다. 그날 저녁 뉴스에 기사로 나올 정도로 불길은 크고 위험했다. 타올라 재가 되어가는 공장을 어린 우리도 바라보기가 힘들었다.

불은 이웃 공장까지 옮겨 붙었지만 사람은 천만 다행으로 다치지 않았다. 그러나 문제는 이웃 공장의 사람들이었다. 가내공업으로 온 가족이 살던 터라 그들의 항의는 드셨다. 결국 우리 집에 들어와 같이 살게 되었는데, 보험금이 합의되어 나갈 때까지 현아와 동급생이었던 그 집 큰딸의 매서운 눈치를 보며 살지 않을 수가 없었다.

가끔 가다 중학교를 같이 다녔던 그 여자아이를 만나게 되면 우리들은 오랫동안 같이 보냈던 사이였음에도 불구하고 서로 모르는 척 어색하게 그냥 지나쳐버렸다.

\# 논노

중학교생 시절 우리 자매는 일본 패션잡지인 『논노』에 심취했었다.

1980년대 우리나라 패션은 어두운 색 일색이었다. 조금만 눈에 띄는 색상과 디자인의 옷을 입으면 사람들 시선에 몸 둘 바를 모를 정도였다. 그럼에도 불구하고 우리들은 『논노』의 영향으로 시장에서 옷을 살 때마다 특이한 것만 골라 입곤 하였다.

그것도 모자라 우리들은 한국에서 쉽게 살 수 없는 일본풍의 원피스를 직접 만들어 입을 계획을 했다. 책을 펼치고 쉽고 예쁜 옷을 골라 눈짐작으로 언니가 재봉틀로 만들었다. 그럴듯한 원피스였지만 우리들은 무언가가 허전한 느낌이 들었다. 한참을 고민한 끝에 솜이 가득 들어간 커다란 리본을 만들어 보았다.

우선 완성된 그 옷을 입을 대상은 막내 현아였다. 마침 그날 친구와 외출계획이 있던 터라 언니와 나는 신나게 그 옷을 입히고 수박만한 우스꽝스런 리본을 가슴에 달아주었다. 그리고서 우리들은 탄성을 질렀다.

"너무 예뻐

너무 예뻐"

순진한 현아는 우리들만 믿고는 기분 좋게 대문을 열고 나갔다. 그러나 언니와 나는 집을 나서는 동생의 뒷모습을 보고는 동시에 때늦은 생각에 빠졌다.

"예쁘긴 예쁜데…… 저 리본이… 좀… 괜찮을까?"

아니나 다를까 저녁에 상기된 표정으로 현아가 집으로 들어왔다.

"예쁘다며… 사람들이 나 쳐다보는데 창피해서 혼났어!"

우리들은 미안하기도 하고 우습기도 해서 간신히 웃음을 참으면서 그래도 예뻤다고 동생을 달래주었다.

그러나 동생 현아는 그렇게 요란한 옷이 아니래도 사람들 시선을 잡는 아주 예쁜 소녀로 자라났다.

#순정 만화

우리들 소녀시절에서 순정 만화는 매우 중요한 부분을 차지한다.

로맨스 이야기는 어린 소녀들 마음을 설레게 하기에 충분했다. 만화주인공 같은 남자 친구를 만나고 싶었고 그런 사람과 아름답고 귀여운 사랑을 하고 싶었다.

그때에는 일본 만화가 주류로서 불법으로 번역된 것이었지만 줄거리나 그림은 잔잔하면서도 재미있는 작품들이 많았었다.

그런 영향으로 그림에 소질이 있는 언니는 만화를 자주 그려 우리에게 보여주었었다.

현아가 주인공이 되기도 하고 내가 주인공이 되기도 하였다. 그러다가 『보물섬』이라는 월간 만화 잡지에 공모를 하게 되었다.

고등학생 언니는 열심히 멋있는 남자 주인공을 그려냈고, 우리는 옆에서 주인공을 어디로 가게 해 달라, 아니 누구를 만나게 해 달라는 등 여러 가지 주문을 해 미완성의 만화를 서둘러 공모하였다.

공모결과를 우리 자매는 숨죽이고 기다렸지만 결국 탈락이었다. 심사평에는 그림체는 수려하나 내용이 빈약하다고 했다.

언니는 그 후 만화를 포기하고 순수 미술 쪽으로 방향을 돌렸지만 우리가 옆에서 주절주절 간섭만 안 했어도 가능성이 있지 않았을까 하는 생각이 들었다.

하여간 우리 자매는 한 방에서 이불 덮고 누워 언니가 그리던 이야기를 서로 꿈꾸면서 재미를 엮어나갔다. 실제 우리가 만화 주인공이 되었던 순수하고 즐거운 소녀시절이었다.

현아와 은정이, 지연이, 윤희, 선희, 이 다섯 명은 중학생부터 단짝 친구다.

현아가 천국 가기 얼마 전에 목사님이 "현아 집사님은 언제 제일 행복하셨나요?" 하는 질문에 동생은 중학교 시절이었노라고 하였다. 아무 일도 아닌 것에도 웃음보가 터졌던 그렇게 즐거움이 세상에 지천이었던 중학생 소녀 때라 했다.

은정이는 쾌활하면서 순수하였고 지연이는 착하면서 조용했다. 윤희는 유머러스하면서도 책임감이 있었으며 선희는 엉뚱하면서 알찬 아이였다. 그렇게 다섯 명은 사춘기 시절을 때때로 울기도 하고 웃기도 하면서 함께 우정을 키워나갔다.

현아를 무덤에 묻고 돌아온 날, 은정이가 나에게 메시지를 보냈다.

'언니… 오늘 하늘만큼 현아는 참으로 맑은 아이였어요. 자주 현아 찾아보러 올게요….'

내 손을 보고 현아랑 닮았다며 눈물 흘리던 은정이를 생각하니 마음이 더욱 아려온다.

#진돌이

상도동 우리 집은 마당이 꽤 넓었다.

그 마당에서 우리들은 바라고 바랐던 강아지를 키우게 되었다. 아빠가 거래처에서 얻어 온 강아지는 진돗개였지만 참으로 희한하였다. 무서워서 그런지 몸을 전혀 움직이지도 않고 눈만 이리저리 굴리는 폼이 웃기기도 하고 못나 보이기도 하였다.

그런 강아지가 마당에서 자유롭게 자라 어느덧 새도 잡고 쥐도 잡는 날렵한 진돗개로 성장했다.

그러나 진돌이는 여전히 겁이 많았다. 낯선 사람이 집에 들어오게 되면 마당 멀찍이 도망갔다. 어느 날은 도망치는 방향을 잘못 잡아 현관까지 뒷걸음치게 된 일이 있었다. 손님이 현관에 들어오자 너무 당황한 진돌이는 마루 식탁 밑까지 뛰어가 벌벌 떨었다.

그런 놈이 새끼를 배었다. 우리 식구들은 개를 처음 키웠기에 어미가 새끼를 잘 낳았는지, 강아지 모습은 어떠한지가 궁금해 개집을 계속 기웃 기웃거렸다.

　겁 많은 진돌이는 우리들 시선에서 자신의 새끼를 보호하려고 연신 강아지를 감추었다. 시간이 흘러도 새끼들의 움직임이 보이지 않자 걱정이 되어 살펴보니 강아지들이 어미의 몸에 눌러 다 죽어있었다.

　우리들은 놀라고 슬펐지만 진돌이는 더욱 슬픈 듯했다. 개들도 슬퍼하고 우울해 한다는 사실을 그때 처음 알았다.

　진돌이는 자신의 새끼가 죽은 줄도 모르고 하루종일 밥 먹을 생각을 않고 강아지를 찾으러 마당 여기

저기를 헤매고 다녔다. 엄마는 그 모습을 보고 눈물이 나서 혼이 났다고 했다.

결국 새끼를 찾을 수 없다는 것을 알았는지 그 후 진돌이는 일주일 동안 자신의 집에 들어가 나오지도 않고 밥도 제대로 먹지 않았다.

그 후 기운 차린 진돌이에게 다시 한 번 새끼를 배게 하였는데 과거의 상처를 잊어버리지 못했는지, 새끼를 낳자마자 바로 먹어버렸다. 그 사실이 너무나도 충격적이었지만 진돌에게는 최고의 모성본능에서 비롯된 행동이 아니었을까 생각되었다.

그런 우여곡절이 많은 진돌이는 어느새 현아와 우리들에게 동물이 아닌 또 다른 가족이 되어있었다.

후에 우리 집이 빌라로 이사 가는 탓에 개와 같이 살 수 없는 형편이 되어 내 친구 집에 보내졌는데 그 놈은 결국 병이 들었다. 우리들의 사랑을 잊지 못한 채 새로운 주인에게 정을 붙이지 못했던 것이다. 그런 진돌이가 죽었다는 소식을 들었을 때는 특히 현아가 목 놓아 울었다.

현아는 엄마 몰래 친구 집에서 데리고 와 목욕시키고 같이 침대에 누워 병든

진돌이를 밤새 쓰다듬었던 아이였던 터라 그의 슬픔은 쉽게 가시지 않았다.

우리 자매는 같이 대방여자중학교에 다녔는데 그 학교는 독서를 중요시하여 매주 한 권씩 읽고 반드시 독후감을 쓰게 하였다.

어느 날 학교에서 전국 글짓기 대회가 있다면서 각자의 독후감을 내라고 하였다. 현아는 그 동안 써 놓은 것들 중에서 골라 윤동주『서시』독후감을 제출했다.

무심코 냈던 그 글이 전국 장원을 받게 될 줄은 꿈에도 몰랐다. 현아는 문화부장 관상을 받았는데, 상을 받는 모습이 어린이날 방송까지 타게 되었다.

더구나 인터뷰 제의로 오빠와 나는 현아를 따라 방송국까지 구경하게 되었다. 리포터 언니가 떨지 말라고 다독였지만 현아는 너무나도 차분하게 준비된 말을 잘 하였다. 아침 뉴스 스탭들이 잘했다며 현아에게 칭찬을 아끼지 않았다.

내 어깨가 절로 으쓱해지는 순간이었다.

아쉽게도 현아의 그 독후감은 없어졌지만 그때 내가 읽은 느낌은 어렴풋이 남아

있다. 현아는 윤동주시인에 대한 그리움과 존경, 그리고 『서시』에 대한 감상을 표현
하였는데, 중학생 소녀다운 순수하고 예쁜 글이었다.

#도시락

엄마는 우리 사남매에게 지극정성이었는데 점심과 저녁 도시락까지 총 여덟 개를 아침마다 싸주셨다. 그러다 간혹 갓 지은 따끈한 밥을 먹이고 싶으신 마음에 동생들을 통해 저녁에 도시락을 건네주시기도 하셨다.

어느 날 오후 엄마가 우리를 불러서 언니가 좋아하는 카레 밥을 갖다 주라고 하신 적이 있었다. 현아와 나는 미림여고 3학년 2반을 찾아가 창문 너머로 작고 안경 낀 사람을 두리번거리며 찾았었다.

언니는 맨 뒷자리에 앉아있었다.

야간학습시간이라 여러 학생들이 졸고 있었는데 언니도 마찬가지로 고개를 떨구고 있었다. 졸고 있는 모습이 왠지 안쓰럽고 불쌍해 보였다. 우리는 언니가 잠에서 깨어 우리를 쳐다보기만을 바라는 마음으로 눈으로 신호를 보냈었다.

한참을 선생님 몰래 텔레파시를 보내던 중 푸시시 일어난 언니가 우리를 발견하였다. 놀란 얼굴이 된 언니는 뒷문으로 살짝 나왔고 우리는 엄마가 주신 도시락을

내밀었다.

　우리 셋은 불이 꺼져 껌껌한 다른 학급 복도에 쭈그리고 앉아 겹겹이 싸여서 아직도 뜨거운 카레를 맛있게 먹었다. 그러나 가끔 가다 엄마의 사랑에 목이 메이기도 하였지만 어둡고 조용한 복도에서 무슨 소리라도 나면 화들짝 겁이 나는 것이 한편 재미있기도 해서 달콤하고 매운 카레 향이 가득 퍼질 때까지 숨죽이면서 키득거렸다.

실내화

현아가 다녔던 남영동 수도여고와 내가 다녔던 삼각지 상명여고는 그리 멀지 않아 동생은 종종 내가 있는 곳으로 찾아왔다.

엄마가 현아를 시켜 저녁 도시락을 갖다 주도록 하셨지만 상명여고 옆에 있는 만화집이 편하고 좋아 자주 나를 찾아 왔었다.

종례를 마치고 실내화를 신은 채 친구들하고 쫄면을 먹을 생각으로 모여 있는데 그날도 현아가 찾아왔다. 마침 잘 왔다 싶어 같이 가자고 하던 중, 학생주임 똥파리 선생님이 실내화를 신고 밖에 나갔다고 호통을 치시며 우리에게 달려오셨다.

우리들은 소스라치게 놀라서 모두 사방으로 흩어졌다. 현아도 덩달아 나와 함께 도망을 쳤는데 현아는 다른 학교 학생이었고 신발을 신었음에도 불구하고 똥파리 선생님의 불호령에 놀랐었다. 교문 밖으로 도망치자 선생님이 따라오지는 않았지만 우리들은 가슴이 한동안 진정되지 않았었다.

얼마 후에 멀리 달아난 친구들이 다시 모였고 우리는 달짝지근한 쫄면을 먹으면

서 도망쳐 나온 우리가 괜히 우스워서 한참을 깔깔대며 웃었다.

특히 같이 도망친 현아가 똥파리 선생님을 얼마나 무섭게 생각하는지 그 후부터
는 우리 학교에 올 때마다 똥파리 선생님을 피해 다녔었다.

우리 자매들은 공휴일이 되면 현아가 다녔던 수도여고의 빈 교실로 들어가 공부를 하곤 하였다. 그 학교에는 커다란 은행나무 두 그루가 있었고 키 낮은 감나무 여러 그루가 있었다.

시험 공부하러 갔다지만 우리들은 공부는 잠시, 감도 따먹어보고 은행나무 아래 앉아 재잘거리며 놀기에 여념이 없었다.

기말고사를 앞둔 어느 날 우리들은 마음을 잡고 학교에 갔었다. 그날은 웬일인지 늦은 시간까지 공부에 집중할 수 있었다. 시험 준비를 끝내고 학교 운동장에서 밤하늘을 바라보았다. 하늘에 별이 가득했다.

우리들 마음 부대에도 별이 수북이 쌓여 부자가 된 듯 기분이 좋아졌다. 열심히 무언가를 했다는 뿌듯함이 현아와 우리를 행복하게 하였다.

동아 88. 2. D

부모님이 현아를 미국대학으로 보내기로 결정하셨다.

본인도 가겠다고 했고 우리들도 좋은 결정이라고 생각했다. 그러나 헤어짐은 무척 힘들었다.

공항에서 배낭을 메고 출국 게이트로 들어간 현아는 계속해서 우리를 향해 뒤돌아보았다. 가슴이 찢어지는 듯했다.

지금 생각해보면 그때의 헤어짐이 지금 큰 도움이 되는 듯하다. 하나님께서 우리에게 미리 연습을 시켜주신 것 같다.

현아는 출국 당시 영어 한 구절도 제대로 구사할 줄 몰랐다. 그런 애가 아무 연고도 없는 미국에서 잘 살까 하는 걱정이 가득했지만 참으로 잘 견디어냈다.

동생이 유학 떠난 얼마 후 아빠가 하시던 사업이 여러 차례 어려움을 맞다가 결국 부도가 나고 말았다. 우리 가족은 모든 재산을 잃고 고모 집 뒷방 신세를 지게

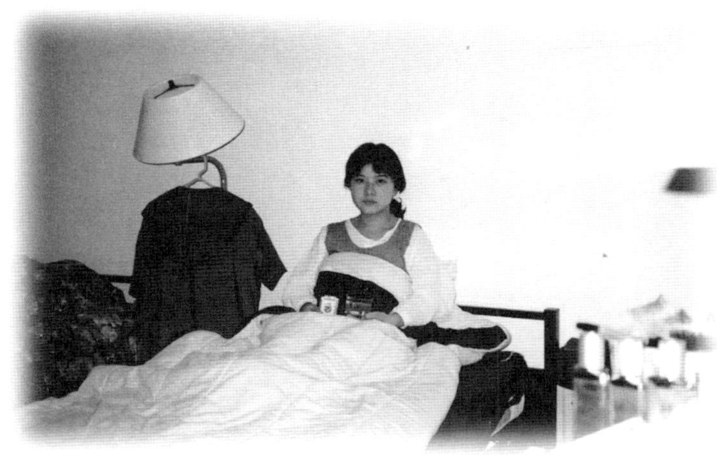

되었었다. 더구나 당

좌수표 발행으로 아빠가 수감되었다. 그것을 회수하기 위해 엄마와 오빠는 거래처에 가서 무릎을 꿇었다. 엄마의 눈물겨운 수고로 결국 모든 수표가 회수되어 아빠가 석 달 만에 출감할 수 있었지만 남아있는 다른 어려움이 산적해 있었다. 그런 환경 이래도 우리들은 현아를 다시 한국으로 돌아오게 하고 싶지 않았다. 끝까지 미국에서 공부시켜주고 싶은 마음이었다. 하지만 우리들은 동생에게 넉넉한 돈을 보내줄 수가 없었다. 간신히 학비 일부를 보태주게 되었는데 현아는 어렵다는 말을 가족에게 한 번도 하지 않았다. 훗날 동생도 그때가 자신의 삶에서 가장 힘들었노라며 넌지시 말하곤 했다.

영어도 잘되지 않았고 방세 낼 돈도 없어 한 달마다 짐을 싸서 값싼 방으로 이사 갔던 일, 아르바이트를 해서 생활비를 벌어야 했는데, 음식 나르던 무거운 쟁반에 눌려 어깨와 머리가 늘 아팠던 일⋯.

현아는 그런 난관에도 열심히 살았다. 피곤한 내색 하나 없이 웃으면서 손님 한 분 한 분 성실히 대했었다. 그러면서 차츰 주위에 좋은 친구들이 하나 둘 생기게 되었고 아르바이트 했던 레스토랑에서도 인정받아 회계관리 일도 맡게 되었다.

우리 가족은 미국에 있는 그런 동생이 늘 그리웠다. 현아의 편지와 사진을 받아 볼 때마다 가슴이 설레었다. 이리도 대견할 수가 있을까?

우리 또한 한국에서 힘들어 낭떠러지 앞에 서있는 듯 했지만 현아는 우리 가족에게 햇살이었다. 그의 편지 속에는 가족 사랑이 가득했고 우리를 향한 그리움으로

후드득 후드득 하늘통신

넘쳐났었다. 자신의 외롭고 어려운 환경보다 우리들의 힘듦을 더 안타까워했었다.

미국에서 보내온 편지지에는 눈물의 흔적이 여기저기 보였다.

5년이 지나자 학교도 졸업하고 미국에서 안정된 삶을 얻게 되었다. 그런 동생은 안락한 환경과 정든 친구들을 포기하고 한국의 우리들에게 돌아왔다.

현아는 집에 돌아와 예전과 다른 허름한 방에서 지내면서 미국생활을 간혹 그리워했다. 그곳에서 정을 나눈 사람들을 참으로 보고 싶어했지만 우리들에게 내색은 하지 않았었다.

현아가 나에게 했던 말 중에 기억되는 것이 있다.

"언니, 아이오아주는 너무 평온해. 거리에 오리가 꽥꽥거리며 지나가고 푸르고 멋있는 공원이 너무도 많아. 그곳에 사는 주민들도 참으로 선하고 순박해서 우리 가족 모두가 거기에서 살았으면 얼마나 좋을까 하곤 생각했어."

#엄마의 병

현아가 미국에서 돌아온 근 2년 동안은 우리 가족에게 가장 행복한 시기였다.

월급날이면 오빠는 후라이드 치킨을 사왔는데 그것으로 식구 모두가 들뜨고 즐거운 마음이 되었다. 그때의 맛이란 가난 중에서만 느낄 수 있는 특별한 하나님의 선물이 아니었나 싶다.

지금은 흔해빠진 통닭 한 마리가 당시에는 한 달에 한번 가슴 벅차게 올라오게 하는 행복의 원천이었던 것이다.

우리는 열심히 일했고 살림은 조금씩 나아졌다. 결국 양평 어느 허름한 시골집 하나를 사서 그곳으로 이사를 가게 되었다. 온 식구가 페인트 칠 하고 마당을 가꾸었다.

그곳에서 우리들은 행복을 향해 조금씩 삶을 일구어 가던 중 엄마가 갑작스레 쓰러지셨다.

현아가 옆에 있어서 다행히 손발에 사혈하고 응급조치를 하였지만 엄마는 뇌졸

중으로 이 병원 저 병원을 다녔지만 온갖 후유증만 얻게 되었다. 엄마의 아픔을 옆에서 지켜보는 우리들은 너무 힘들었다. 특히 마음이 여린 동생은 병든 모습을 지켜보기가 힘들다고 하였다.

현아는 수지침과 뜸을 배워 그것으로 엄마의 힘든 몸과 마음을 많이 달래주었다. 같은 자매가 보기에도 그 헌신이 놀라웠다. 자신의 시간은 다 포기하고 엄마에게 모든 것을 다 맞췄다. 아침에 일어나 같이 등산 가고 매일 목욕탕에 모셔다 드리며 녹즙 재료를 사서 하루에 두 번씩 갈아드렸다.

언니들이 결혼하고 나서 혼자서 간병할 때 현아는 참으로 힘들어 했다. 그러면서도 엄마를 향한 사랑이 식지 않았다.

목욕을 끝내고 나오는 엄마를 위해 순서대로 옷장의 옷을 꺼내어 접어놓고는 하나씩 입혀 드렸다. 아기를 챙기듯 현아의 손길은 정성과 사랑, 그리고 헌신으로 가득했다.

후드득 후드득 하늘통신

자다가도 불면증으로 자주 쥐가 나는 엄마를 위해 귀찮은 내색 하나 없이 졸린 눈으로 온몸을 주물러 드리곤 하였다.

현아가 마음 타도록 아팠던 것은 엄마가 그렇게 열심히 노력하는데 차도가 없다는 사실이었다. 그 고통이 너무 크고 무겁지만 우리는 어쩔 수 없어 그저 옆에서 지켜만 봐야 할 뿐이었다.

그러나 길고 힘든 터널을 지나고 엄마는 조금씩 호전되었다. 조금씩 잠을 주무시게 되었고 아주 조금씩 몸의 후유증도 덜하게 되었다.

언니의 첫 개인전

언니는 회화과를 졸업하고 집에서 계속 그림을 그렸다. 언니의 화풍은 자신의 성품처럼 밝고 따뜻했다. 언니와 현아는 그림 소재를 찾으러 동네를 두루 찾아 다녔다. 오후 느긋한 바람을 맞으며 현아가 자전거를 타면 언니는 뒤에 앉아 양수리의 강변이나 가을 누런 논두렁을 찍었다.

언니는 그때가 무척 좋았다고 했다. 현아랑 단 둘이 제주도 여행을 갔던 날, 좋은 풍경이 보이면 버스에서 내려 무작정 걸으면서 사진을 찍었다고 했다. 흑돼지를 처음 먹어 본 것이 생각나지만 가장 인상 깊었던 것은 어느 인적 없는 고즈넉한 마을이었다고 했다.

커다란 진돗개 한 마리가 벽에 기대고 서서 담장 너머 세상을 얼굴만 빼고 보고 있더라고 했다. 언니와 현아가 지나가자 끝까지 고개를 돌리면서 낯선 사람에게 짖을 생각도 않고 졸린 표정으로 바라만 보았는데 이렇게 조용하고 권태로운 마을이 있을까 하는 의문이 들었다고 했다. 마지막 날 새벽 항구에 들러 은갈치 한 박스

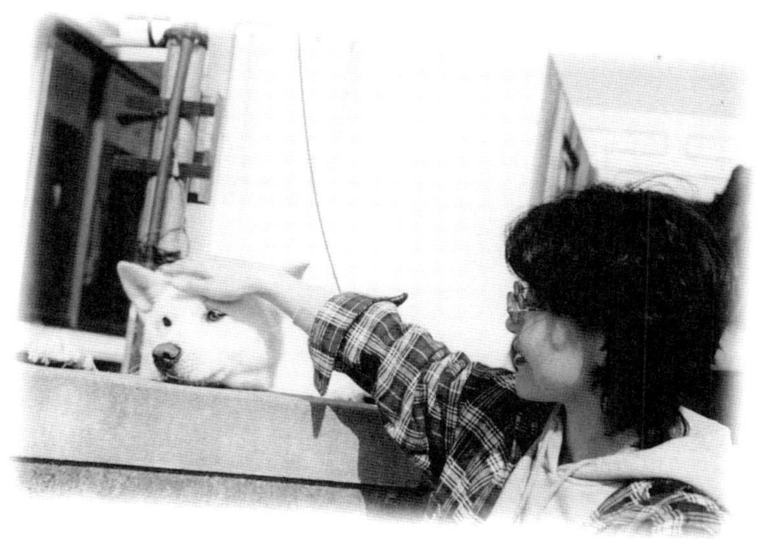

를 사서 비행기 타고 전철 타고 버스 타고 집에 온 그들은 거의 탈진 상태가 되었지만 그 싱싱하고 아름다운 갈치를 보고 식구들은 탄성을 질렀다. 두툼한 살이 우리 입에서 살살 녹았을 때 현아와 언니는 고생한 보람을 느꼈다.

그렇게 여행해서 수집한 사진들은 결국 첫 개인전을 여는데 중요한 자료가 되었다. 오프닝 파티를 위해 우리는 직접 음식준비를 했다. 김밥을 만들고 현아는 예쁜 카나페도 준비하였다.

언니의 개인전은 흥분과 재미로 가득했다, 오랫동안 수고한 언니의 그림들이 대접받는 순간, 어느 대가 작품 못지않게 우리 눈에는 훌륭하게 보였다.

#홍콩여행

결혼하기 전 나는 현아와 홍콩으로 여행 가기로 맘을 먹었다. 우리들은 심신이 무척 힘들었다. 엄마의 간병으로 많은 것을 희생하게 되었다. 휴가가 절실했었다. 3일의 휴가를 얻은 우리는 홍콩으로 떠났다. 현아는 떠나기 전 홍콩의 정보를 다 찾아 주머니에 가득 챙겼고 난 그런 현아만 믿고 훌쩍 떠났다.

홍콩의 첫날은 높은 습도와 더위로 무척 당황했지만 그 다음날부터 그 불쾌감은 금방 익숙해졌다. 우리는 지도를 들고 현아가 공부해온 여러 관광지를 돌아다녔다.

현아는 유창한 영어와 홍콩 지식으로 그곳에 몇 해를 산 사람 같았다. 난 동생이 이끄는 데로만 따라갔다.

현아는 미국에서 돌아온 이후 머리를 무척 아파했었는데 병원에서도 원인을 못 찾아, 치료도 못 받고 그냥 운동으로 대체한 상태였다. 그런 현아가 여행 도중 여러 번 두통을 호소해 몇 번을 길에 앉아 쉬어 가곤 했었다.

아파하는 현아를 보고 나는 어쩔 줄 몰랐지만 다시 곧 회복했기에 심각하게 생각

후드득 후드득 하늘통신

PENINSULA

하지 않았었다.

마지막 날 홍콩에서 우리 둘은 가족들에게 줄 선물을 샀다. 그때가 홍콩 여행 중 가장 즐거운 기억으로 남는다. 한국에선 고가의 물건이 그곳에선 그리 비싸지 않아 얼마나 기뻤던지 가족들에게 그것을 줄 생각을 하니 마음이 뿌듯했다.

쇼핑을 마치고 밖으로 나오니 갑자기 소낙비가 내렸다. 낯선 외국 도시에 후드득 비가 오니 그 정취가 남달랐다.

우리 둘은 우산을 하나 사서 함께 쓰고는 호텔로 뛰어갔다. 가방이 혹시나 젖을까 그것을 가슴에 품고 재미있어 하였다.

"나중에 오늘이 제일 기억에 많이 남을 거 같아… 너무 좋다 그치?"

그렇게 홍콩여행을 끝내고 집에 돌아오니 엄마가 안방 창문에서 우리 둘을 발견하고는 활짝 웃으면서 맞아주셨다.

후드득 후드득 하늘통신

"반가운 사람들아~ 어서 오세요."

엄마가 아픈 이후에 그렇게 기쁘게 웃으신 것은 처음이었다. 현아는 엄마가 우리가 없어서 그 동안 얼마나 힘들고 외로웠을까 하는 생각이 들자 그 환한 웃음에 가슴이 더욱 아려왔다고 했다.

현아가 제부를 만나 결혼 약속을 한 후 중소기업청의 '해외시장 개척요원'으로 미국으로 석 달 동안 가게 되었다. 오빠가 경영하는 회사의 제품 영업도 하고 경험도 쌓기 위해 흥분과 설렘으로 로스앤젤레스로 향했다.

오빠는 동생이 유학 중에 돈이 없어 고생한 것이 늘 마음이 걸렸는지 정부의 지원금이 있음에도 불구하고 회사가 어느 정도 자리를 잡은 상태인지라 충분한 비용을 지원해 줄 수 있었다.

중소기업청 연수과정에서도 열성을 보여 차석으로 모든 과정을 마친 현아는 영특하게 미국시장에서 주눅 들지 않고 영업을 펼쳤다. 큰 고객과의 긴밀한 상담으로 좋은 성과를 얻기도 하였다. 현아는 그곳에서의 생활을 참 즐거워했다. 유학 후 아르바이트로 학생 몇 명을 가르치고 엄마를 돌보았던 것이 삶의 전부였지만 좀 더 자신의 능력을 펼칠 수 있고 인정받을 수 있게 된 것을 기뻐했다. 그곳에서 만났던 친구들과도 계속해서 우정을 나누는 좋은 사이가 되었다.

집에 돌아온 현아는 그곳에 가서 무엇보다 좋았던 것은 하나님께서 자신을 이끌어주심을 확실히 깨닫게 된 일이라고 했다.

독실한 기독교인 룸메이트와 서로 신앙을 나누며 한인 교회에 같이 다녔는데 순수하고 성령이 충만한 성도를 보고는 많이 도전도 받고 신앙도 깊어지는 기회가 되었다고 했다.

현아가 가지고 돌아온 커다란 가방에는 오빠가 넉넉히 보낸 돈으로 산 선물로 가득했다. 엄마의 약이며 우리들의 옷, 조카들의 장난감까지 끝도 없이 우리들의 웃음과 함께 터져 나왔다.

음악과 영화

음악을 사랑했던 현아는 뒤늦게 첼로를 배우기 시작했다. 그 무거운 악기를 왜 배우려고 고생하나 마음속으로 의혹이 생겼지만 열정적으로 레슨 받는 동생이 대단하게 느껴지기도 했다.

오페라 가수 마리아 칼라스를 유독 좋아해 그녀의 노래를 자주 들은 덕에 음악에 대해 무지한 나 또한 매료당하게 했다.

음악뿐만 아니라 예술 전반에 걸쳐 관심이 많았던 동생은 소설책이나 비디오를 보기라도 하면 날을 새는 경우가 많아 같이 자는 나로서는 여간 불편하지 않았다. 다음날 아침 토끼 눈이 된 동생을 보고 혀를 차기도 했다. 하지만 엄마가 주무시는 저녁이 되면 둘이 같이 천호동 영화관에 가곤 하였는데 매주 영화 분위기에 빠져 어느 날은 유쾌하고 달콤하게, 어느 날은 살벌하고 무서운 밤을 보냈다.

賢
美
아으

\# 결혼

현아는 친척 석권이의 소개로 제부를 만났다. 검단산 산행이 첫 만남으로 연애기간 내내 우여곡절을 겪기도 했지만 결국 결혼을 하게 되었다.

신부의 모습은 참으로 아름다웠다. 평생을 본 동생이었지만 그렇게 예뻤던 모습은 처음이었다.

현아 볼에 행복이 붉게 물들어 있었다.

신혼살림은 양평 부모님 집 별채에서 시작했다. 아픈 엄마를 떠나기가 불안한 현아의 선택이었지만 그것을 옆에서 말리지 못한 것이 후회가 된다.

둘만의 오붓한 시간을 가지지 못한 신혼생활은 결코 평탄할 수가 없었다. 현아는 갈등 속에 바로 아기가 생기게 되었다. 그러나 동생은 뱃속에 있는 생명을 너무나도 귀하게 여겼다. 하나님의 선물인 정빈이를 아홉 달 동안 사랑과 인내로 키웠다.

#출산

현아가 임신 중 유독 즐겨 먹었던 음식은 고기였다. 평소에 야채와 과일을 좋아하던 식성은 아기가 생기고 나서 완전히 변해버렸다. "고기를 잘 먹으면 남자아이라고 하던데." 하고 아가의 성별을 미리 예견한 우리들은 고깃집을 찾아 다녔다.

동생 부부는 결국 친정집에서 분가하여 덕소 아파트로 이사하게 되었다. 부른 배를 잡고 집 꾸미기에 재미를 붙인 현아가 출산 예정일 한 달을 앞두고 임신중독증 현상을 보였다.

발이 붓고 혈압이 높아져 불안한 하루하루를 보내다 갑자기 혈압이 200까지 올라 급히 아산병원 응급실을 찾아갔다. 병원에서는 지금 바로 아기를 낳지 않으면 산모나 아기가 위험하다고 하였다.

나중에 들은 이야기지만 현아의 뇌혈관이 다른 사람보다 가늘고 많다고 하였다. 그런 상태이면 언제든지 작은 충격에도 출혈을 할 수 있다고 했다.

그 말에 비춰본다면 분만 때에는 정말 위험천만하였음에 분명하였다.

그러나 혈압이 200이 넘나드는 긴박한 시간에 하나님의 도우심의 손길이 있었다. 분만 후 현아는 우리에게 아기를 낳는데 이상하게도 그리 아프지가 않았다고 했다.

임신기간 중에 배웠다는 호흡법을 제부와 함께 차분하게 활용했다. 여러 시간이 지나고 드디어 정빈을 출산하였다. 아기는 한 달 일찍 나온지라 작고 붉었지만 엄마 아빠의 예쁜 점만 닮아 너무나도 사랑스런 모습이었다.

아기가 인큐베이터에 이틀 정도 있어야 된다는 병원 지시에 아기만 혼자 병원에 둔 채 퇴원하게 되었다. 현아는 아기를 따로 떼어놓은 것이 안타까워 출산 후 아픈 몸을 이끌고 저녁마다 병원을 찾아가 아기에게 젖을 물렸다.

#육아

정빈이는 순한 아가였다.

더운 날에 태어나 힘든 시기를 순탄하게 지냈으나 몇 개월이 지나지 않아 아토피 증상을 보였다. 아가는 칭얼대었고 몸이 약한 현아는 잠도 못 자고 24시간 내내 힘든 날을 보내야만 했다.

불안한 아가는 누구에게도 가지 않고 엄마 품에서만 지내려고 했다. 현아는 심신이 쇠약해져 갔지만 아가한테는 늘 웃는 얼굴만 보여줬다. 그러나 그런 날이 반복되자 몸에 이상 증세가 나타났다.

병원에서 진단 받기로는 췌장염이었다. 현아는 아기를 두고 병원에 입원할 수밖에 없었다.

우리가 할 수 있는 것은 기도뿐이었다 그러던 중 완치가 불가능하다는 췌장염이 나았다는 의사 말을 들었다.

얼마나 기쁘고 행복했던지 현아는 바로 퇴원해 친할머니 품에서 잠든 정빈이를

다시 안을 수가 있었다. 그 후 정빈이는 엄마에게 더욱 집착하게 되었는데 엄마

아닌 다른 사람에게는 전혀 가지 않았다.

엄마 품에 누워 같이 뒹구는 정빈이 모습이 너무나도 평온해 보였다.

돌잔치

현아는 정빈이의 돌잔치를 몇 달 전부터 준비하였다.

인터넷에서 검색하여 초대장이며 감사패며 각종 이벤트를 혼자서 구상하고 만들었다. 재능이 다양했던 터라 이벤트 전문회사만큼 훌륭하게 돌잔치를 이끌었다.

그날 동생은 다소 흥분된 모습으로 손님들을 맞이하였다. 듬직하고 선한 제부와 예쁘고 지혜로운 현아, 그리고 하염없이 귀엽고 사랑스런 정빈이, 이 가족은 그들을 사랑하는 많은 사람들 앞에서 환하게 웃어주었다.

위로

결혼 후 두 번째 자연유산을 하고 슬픔에 빠진 나를 보고 현아는 가슴이 찢어지는 아픔을 느꼈다고 했다. 나의 임신 소식에 발을 동동 구르며 좋아했었기에 나 못지않게 충격에 휩싸인 동생은 하나님을 원망하면서 울며 기도했다고 했다.

그날 저녁 제부와 함께 우리 집에 왔었는데 기도 중 놀랍게도 하나님께서 언니를 사랑하신다는 음성을 들었다며 평온한 표정으로 말했다. 동생이 해준 이 말이 나에게 얼마나 위로와 힘이 되었는지 추운 겨울을 이길 수 있는 난로와도 같았다.

나의 결혼기념일 전날, 현아는 나조차 잊어버린 기념일을 육아로 잠 못 들어 피곤한 몸을 끌고 워커힐 호텔 레스토랑을 예약해 주었다. 그곳에서 식사를 하고 멋진 한강 야경을 구경하니 가족을 끔찍이 생각하는 현아로 인해 감격과 행복이 강물처럼 스며들었다.

현아는 아기 정빈이에게 끊임없이 말을 걸었다. 잠시 화장실에 갈 때에도 신생아에게 설명을 하고 자리를 떴는데 그 이유를 궁금해 하는 나에게 이렇게 모든 상황을 이야기해 주면 아가는 엄마를 신뢰하고 이해한다고 하였다.

현아는 말을 못하는 두 살 난 정빈이에게 몸짓 언어를 가르쳤다. 배고프거나 아프거나 또 달라는 몸짓이었는데 정빈이는 곧잘 엄마에게 과자를 더 달라는 신호를 보내곤 했다.

에코맘(EcoMam)이었던 동생은 아토피가 있는 아기를 위해 이유식에 유기농 재료만 고집했고 빨래 세제와 아기 로션 등은 천연재료를 이용하여 직접 만들었다.

정빈이는 엄마와 아빠 외에 유난히 좋아하는 사람이 있었는데 언니의 아들인 태혁이와 태준이었다. 유치원생이었던 두 형들을 꼬옥 껴안은 채 정빈이는 한껏 행복한 표정을 지었다. 언니네로 놀러 가면 그때야 비로소 엄마 손에서 빠져 나와

형들 뒤꽁무니를 쫓아 다녔다. 그러는 덕에 동생은 언니 집에 자주 찾아가 정빈이를

놀게도 하고 휴식을 취하기도 하였다.

　현아와 조카들의 관계 또한 참으로 친밀했다. 엄마한테 혼이 나 씩씩거리는 조카

에게 조곤조곤 그 아이의 마음을 어루만져 주곤 하였다. 그러면 조카는 그 다정한

말에 풀려 어느새 착한 얼굴이 되곤 했다.

우리 가족들은 양수리 중앙성결교회에 다닌다. 성도가 30명도 안 되는 작은 교회에 몇 해 전에 젊은 목사님 부부가 부임했는데 그 분들의 따뜻한 사랑과 열정에 우리 자매들은 고마움을 느꼈다.

목사님 부부와 우리 자매는 금요일마다 구역예배를 드렸고 그 시간마다 하나님 말씀과 서로 나누는 일상의 대화들로 늘 즐거웠다.

현아는 그분들에게 정빈이가 쓰던 육아 물건을 주고 싶어 오실 때마다 무언가를 준비해놓곤 했는데 목사님은 함박웃음을 지으시면서 그것들을 고맙게 건네받곤 했다.

그러던 현아가 쓰러지기 사흘 전에 뚝섬 벼룩시장에 놀러 가자고 했다. 조카가 쓰던 장난감을 팔고 그 값으로 필요한 물건을 구입하는 것도 공부겠다 싶어 아이들과 함께 우리들은 그곳으로 향했다.

벼룩시장을 한참 돌아다니면서 시간을 보냈는데 그날따라 현아가 무척 피곤해

하였다 이내 돌아갈 생각이었지만 미처 사지 못한 것이 있다며 다시 시장으로 되돌아가는 현아를 나는 말리지 못했다.

몇 분 지나 힘든 목소리의 현아가 목사님 아기가 탈 카 시트를 샀다며 전화를 했다. 우리들은 무거운 그것을 낑낑거리며 갖고 돌아와 다음날 주일에 목사님께 드렸다.

목사님은 그 후 그 아기 시트를 볼 때마다 현아가 생각이 나서 눈물을 흘렸다고 하였다. 현아의 아픔과 장례를 옆에서 지켜봐 주시고 집도하신 목사님은 우리보다 현아의 고통에 더욱 가슴 아파했다.

사모님 말로는 주무시면서도 하나님께 현아를 위해 기도를 하더라고 했다.

#병원

언니에게서 연락이 왔다. 현아가 갑자기 쓰러져 인근 대학병원으로 옮긴다는 것이었다.

오빠와 나는 회사에서 바로 출발하였다. 우리들은 애써 단순 빈혈일 거라 생각하고 불안감을 억누르고 있었다. 그러나 놀란 정빈이를 이웃집에서 데려와 병원으로 향하던 중 현아가 뇌출혈로 위급하다는 소식을 다시 듣게 되었다.

순간 생각은 멈추고 눈물만 흘러내렸다. 엄마와 같은 병이라니… 그 암담한 결과를 누구보다 잘 아는 우리였기에 충격이 너무나도 컸었다.

병원에 도착하자 현아가 막 수술실로 들어가는 모습이 보였다. 목사님과 식구들이 모여 기도를 하였다.

현아는 수술을 끝내고 중환자실에 입원하게 되었다. 다행히 뇌실 내 출혈로 피만 잘 뽑아내면 정상이 될 수 있다는 희망적인 말을 듣게 되었다. 우리들은 하루에 두 번 중환자실의 면회시간에 현아를 만날 수가 있었다. 현아는 3단계 무의식 상태라 우리들을 못 알아보았다.

그러나 현아에게 찬송을 들려주니 불안정한 맥박이 정상을 찾는 것을 보고 현아 머리맡에 찬송을 들려주며 성경구절을 읽어주었다.

그러던 어느 날 현아가 우리 오는 것을 아는지 약간 흥분하는 모습을 보여주었다. 현아가 가장 듣고 싶은 이야기가 무얼까 생각하던 중 지금 현아는 정빈이가 어떻게 지내는지가 가장 걱정될 것 같아 현아에게 말했다.

"현아야, 정빈이는 잘 있어. 친할머니가 잘 보살피고 있어."라고 말을 하자 현아는 갑자기 팔을 움직여 보였다. 그 동안 얼마나 걱정이 되었을까. 현아 눈가에 어느덧 눈물이 맺힌 듯 했다.

현아는 반의식 상태에서 무엇을 생각하고 어떤 고통을 느끼는지 모르겠으나 그 시간에 예수님께서 현아와 함께 하셨음을 믿는다.

현아에게 "하나님은 너를 사랑하셔" 라고 말을 했을 때 현아는 자신의 입술을

꾹 하고 깨물었다.

그렇게 초조하지만 다소 희망이 있던 한 달이 지난 어느 날 병원에서 급한 전화가 걸려왔다.

현아에게 새로 뇌경색이 발병되었다는 소식이었다. 두렵고 떨려 병원에 가기가 무서웠다.

현아는 그 후 급격히 상태가 안 좋아져 고통도 느끼지 못하는 상태가 되었다. 그렇게 현아는 2007년 6월 14일 0시 10분경에 하늘나라로 예수님의 품에 안겨 이사하게 되었다.

언니에게 들은 바로는 현아가 쓰러지기 얼마 전 기쁜 얼굴이 되어 자신의 집에 온 적이 있었다고 했다. 동생이 언니에게 내민 것은 동네 교회에서 나눠준 전도지였다. 평생 교회를 다녔던 아이가 왜 이리 호들갑일까 의문이 들었던 언니는 현아의 말을 듣고도 별 감흥이 없었다고 했다. 하지만 동생이 하늘나라로 떠나고 난 지금 언니는 그 날을 잊을 수가 없다고 했다. 그 전도지는 그다지 특별나지도 않았다고 했다. 그저 예수님에 대해 자세히 설명되었을 정도. 그 글귀는 언제나 교회에서 귀가 박히도록 들었던 이야기임에 분명했다. 그러나 현아는 그것을 보고 예수님이 왜 자신의 구원자가 되셨는지 뒤늦게 깨달았다고 했다.

평소에 왜 예수님이어야만 하는가에 대해 의구심이 들었던 현아. 확실한 깨달음이 없었던 동생은 그 날 눈이 열리고 마음이 열렸던 것이다.

은혜와 감동을 받아 언니에게 몇 번이나 읽었냐며 확인하던 동생에게 그녀는 바빠서 그만 못 읽었다고 얼버무렸다.

쓰러지기 한 달 전에 교회 기도회에서 인도자가 은혜 방언 받고 싶은 사람 나오라고 했다. 그때 적막을 뚫고 용기 있게 나온 사람은 현아였다. 늘 방언의 은사를 원했던 동생. 예수님을 만나고 싶어 늘 소망했던 현아가 그 날 정확히 준비된 것이었다.

\# 유언

그 외 하나님께서는 현아의 죽음을 미리 아시고 하나 둘 예비해 두신 것이 많았다.

병원에 입원하기 일주일 전 구역예배 시간에 목사님께서 현아에게 자신의 인생을 다시 반추하게 하시고 지금 자신의 기도 제목을 물었다 그리고 특별히 좋아하는 찬송이 무어냐고 했다.

현아는 자신의 기도 제목은 '모든 가족의 성령 충만, 믿지 않은 남편과 함께하는 예배, 그리고 아들 정빈이가 하나님과 동행하는 삶'이라고 하였다. 그리고 자신의 비전은 고아원을 설립하여 불우한 아이들을 돌보고 싶다고 했다.

의식 없는 상태로 고통 없이 하늘나라로 현아는 떠났지만 미리 우리들에게 현아의 유언을 듣게 하신 하나님께 감사드린다.

주님여 이 손을 꼭 잡고 가소서

약하고 피곤한 이 몸을

폭풍우 흑암 속 헤치사 빛으로

손잡고 날 인도하소서

  자신이 좋아하는 찬송을 들으며 현아는 예수님 품으로 안겨 천국으로 갔다. 그리고 현아는 남은 우리들에게 이 세상에서 할 일을 많이 남겨 주고 빛으로 인도받았다.

#제부

장례식장에서 제부는 평소와 크게 다르지 않는 모습으로 자리를 지켰다. 서울대 출신인 그는 이성적이고 합리적인 사람이었다. 어려서 교회는 다녔지만 성장하면서 신앙을 거부하였다. 그러다 동생을 만나고 다시 교회로 나오게 되었지만 성경에서 말하는 체험이나 기적은 모두 주술 내지 자기암시로 받아들이는 듯 했다.

목사님 누나 되시는 분께서 현아가 세상을 떠나는 날, 기도 중에 예수님 품에 안겨 하늘나라 가는 모습을 환상으로 보셨다고 했다. 우리 식구들은 그 말을 전해 듣자 절망 중에 따뜻한 불빛을 발견한 기분이었다.

빈소에서 추모객을 맞이하던 제부에게 언니와 나는 목사님이 들려줬던 이야기를 했다. 그 말을 듣는 순간 표정을 읽을 수 없던 제부가 갑자기 어깨를 흔들며 울음을 터뜨렸다. 떨리는 목소리로 정말 예수님이 현아를 안고 가셨냐며 반문하면서 다행이라고 흐느꼈다.

그는 결국 하늘나라를 받아들였고 예수님을 알게 되었다.

소낙비가 내려 거리에 군데군데 작은 웅덩이가 생겼다.

정빈이가 타고 올 유치원 버스 시간에 맞춰 현아가 살던 아파트 정문에 서 있었다. 먹구름 가득한 하늘아래 바람은 제법 쌀쌀한데 발밑에 웅덩이가 조용히 출렁거리기 시작했다.

어려서부터 나는 웅덩이에 비친 세상이 좋았다. 더러운 물이라 피해 다녔던 그 빗물에 어느 날 구름이 보였고 더러는 빼꼼이 내비치는 햇살도 보였다. 무엇보다 신기한 듯 쳐다보는 내 모습이 흥미로웠다.

네 살배기 정빈이가 버스에서 내리면 보라고 꽃잎 몇 장을 따서 웅덩이에 띄워 보았다.

잠시 후 유치원 버스가 도착하였다. 수척해진 정빈이가 힘없이 내렸다. 며칠을 고열로 많이 아팠다고 하더니 아직도 기운이 없는 아이를 보니 마음이 저려왔다.

그런 정빈이에게 웅덩이에 떠있는 꽃배를 보여주니 헤~ 하고 웃는다.

아이가 따라서 띄운 보라색과 노란색 꽃이 선명한 하늘을 배경으로 바람 따라 흘러갔다

"정빈아, 예쁘지?"

"응."

우리 둘은 입 바람까지 보태어 꽃배를 멀리까지 보냈다.

웅덩이에 비친 하늘은 작년 현아가 하늘나라로 간 그날처럼 끝없어 보인다.

정빈이가 해맑게 웃는 모습이 비쳐 보였다. 그 옆에 따라서 미소 짓고 있는 내 모습도 비쳤다. 어째 그 모습이 서글퍼 보여 은근슬쩍 일어났다.

몸이 안 좋은지 아이가 얼마 놀지도 않고 친할머니를 찾는 통에 제 집으로 향했다. 어버이날이라고 유치원에서 카네이션을 만들어 와서 할머니를 울렸다. 눈물을 애써 감추는 우리 옆에서 자랑스럽게 자기 솜씨를 뽐낸다.

처음에는 엄마와 함께 놀던 케이크 장난감을 보고는 말도 못하고 서러워 엉엉 울기만 했던 아이였다. 그러나 이제는 엄마 무릎에 앉아 같이 치던 피아노를 보고도 아무 일 없듯 악보를 보고는 '엄마'라고 말하고 내려온다.

꽃처럼 예쁘고 선했던 내 동생 현아, 소낙비 개인 하늘처럼 넌 싱그러운 사람이었는데…

너의 미소와 친절한 음성, 모든 것이 우리에겐 단비와도 같았는데 그것을 잃어버린 지금 우리들의 배는 그리움과 슬픔으로 휘청거린다.

정빈이가 탄 배 또한 앞으로 얼마나 불쑥불쑥 아픔과 서글픔으로 다가올까. 그때 우리가 할 수 있는 것은 무엇일는지, 다같이 입 바람을 모아 멀리 흘러가기를 기도할 뿐이다.

닿지 않던 하늘이 작은 웅덩이에 비치면 꽃을 따서 편지 한 장 띄울까?

‘우리는 잘 살고 있어. 그런데 네가 많이 보고 싶구나.’

오후에 다시 하늘에서 쏟아지는 소낙비에 정빈이를 업고 우산을 쓰니 아늑하다.

아이의 온기와 우산에 떨어지는 빗소리가 정겹다. 정빈이가 빗소리를 흉내 내면서 논다.

‘후 드 득 후 드 득…’

천국에서 온 답장일까? 아이가 즐거워한다. 천국과 땅은 그리 멀지 않은 곳에 있는 듯하다.

2장

그녀의 노트

#1996년

장난감 같은 창문밖에

조용한 바람소리가 들려오면

두 언니와 내가 세 등분하여 깐 요로

꽉 찬 방에서도 밤길을 재촉하는

소리가 난다.

왼손만 뻗으면 닿을 듯

가까이 누운 작은 언니의 성경책

넘기는 소리.

그 건너 보이지 않게 드러누운 큰언니의

간간히 깨어있음을 알리는 기침소리.

왼쪽 바로 옆의 3단 서랍장 위에 놓인

이미 시계로서 능력을 상실했어도

여전히 돌아가는

제멋대로 시계의 소리.

밤 깊어 가는

짙은 바람 소리

소리 없이 무겁게

눈꺼풀 떨어지는 소리.

\# 단상

1. 친구란 건 인간에 대한 최고의 존칭이라고 난 생각해.

2. 나쁜 사건은 대개 당사자에게 원인이 있어. 본인에게 허점이 있기에 생기는 거야.

3. 좋은 녀석인지 나쁜 녀석인지 모르겠다. 아니면 <좋은 사람> <나쁜 사람>이라는 구별 자체가 틀렸었는지도 모르겠다. 누구에게나 좋은 점과 나쁜 점은 있는 거니까.

4. 뒤돌아보지 마라 약하게 보이면 진다.

5. 완벽한 이상형이란 신이 아닌 이상 있을 수 없어.

6. 내게 너무 의존하지 않고 너무 간섭하지도 않는다. 부탁을 하면 기꺼이 도와주지만 할 수 없을 때에는 분명하게 거절한다. 상대방의 몫과 나의 몫을 확실하게 자각하고 있는 것이다. 나의 가까운 친구와 뭔가 볼일이 있을 때에는 먼저 내게 묻는 식으로 철저하다.

7. 자기 이미지대로의 친구 같은 건 없어, 상대는 인간이야. 서로 영향을 미쳐서
   변화해 가는 것.

8. *좀더 잘하는 것을 늘려야겠어, 그러면 한층 자기에게 자신을 갖게 될지도
   몰라(공부, 스포츠……)

9. 상대방의 이상이 너무 높다고 하는 것은 자기에게 별로 자신이 없기 때문에
   핑계를 대는 것.

10. 자신이 없을 때도 있겠지, 이젠 틀렸다고 절망할 수도 있어. 하지만 그럴 때일
    수록 노력할 수밖에 없어. 용기를 내어 밀어붙이자구.

11. 난 무엇이든지 지나치지 않았다. 자신을 철저히 관리한다는 것이 즐거웠다.

12. 아무리 성공한 사람이라도 기복은 있게 마련이니까, 그래서 언제든지 스타트
    를 할 수 있다.

#4월 29일 월요일

　내일 모레 5월 1일은 '근로자의 날'이라서 노는 날이랍니다. 그래서 우리 식구들은 이번이 기회다 싶어 내일 오후에 출발해 강원도 바다를 보러 가기로 했습니다. 1박 2일이지요. 오래 있을 수는 없을 것 같지만 몇 시간만이라도 바다를 볼 수 있을 거라는 기대에 설렙니다.

　오늘은 온종일 하늘이 낮고 어두웠습니다. 지금 이렇게 이불 속에 드러누워 편지를 쓰고 있는 때에도 밖에서 얇은 빗소리가 들리고 있습니다. 갑자기 30도로 올라가는 더위가 오더니 오늘은 제법 쌀쌀했어요. 올해는 5월 달부터 여름 시작이라는 말이 있는데 벌써부터 이 여름을(에어컨도 없이) 어떻게 보낼까 걱정이에요.

　오늘은 두 번째 월급을 받았어요. 기껏해야 20만 원이지만 그래도 한 달 동안 5, 6살 아이들 상대로 고생한 것 생각하면 값진 돈이죠. 그런데 이 돈을 아빠께서는 몽땅 하나님께 바치라고 그러시더군요. 첫 봉투는 '첫 열매'라는 명목으로 다 드리는 건대 나는 그것도 모르고 첫 월급을 내가 써 버렸거든요.

그래서 아버지는 이번에 다 드리라고 그러십니다. 현아는 지금 돈에 욕심이 없습니다. 이 돈으로 해야 할 것이 있었던 것도 아니고 그냥 저축이나 해두려 했던 거라 하나님께 감사하는 마음으로 종이 두 장을 드리는 것이 어려운 일은 아니지만 왜 기분이 이렇게 깨끗하지 못할까요?

방금 세수를 하고 Lotion을 발랐더니 볼펜잡기가 힘이 들어 글씨가 잘 써지지 않습니다. 이젠 그만 줄이기도 하죠.

구름 속에서 운전해 본 적이 있는지, 오늘은 우리 6식구가 1박 2일, 짧은 여행을 떠나는 날이에요. 어제부터 내린 비가 오늘까지 이어져서 계속 축축한 빗속에서 운전해야 했지요. 당신은 한국의 땅 70%가 산으로 이루어진 것 알고 있지요? 집을 떠나서부터 보이는 그 많은 산꼭대기에는 하얀 구름이 모자처럼 씌어 있었습니다. 때때로 어두운 구름들이 낮게 떠있는 흐린 날이 여행 떠나기엔 좋은 날씨는 아니었지만 운치는 있었답니다.

그런데 설악산 '한계령'에 다다랐을 때의 일이었습니다. 가뜩이나 꼬불꼬불 낭떠러지 절벽 옆, 좁은 길이 위험하여 조심해야겠다고 모두 긴장하고 있었는데 점점 정상으로 가면 갈수록 짙은 구름 속에 갇히게 되었죠. 시간은 저녁 8시. 어둑해진 날이 어느새 컴컴해져 갔고 따라오는 차도, 앞서가는 차도, 지나가는 차도 하나 없는 길을 가로등도 없이 짙은 구름 속을 헤맸습니다.

엄마는 한 치 앞도 볼 수 없는 길이 너무 무서워 휴게소에서 하룻밤을 보내자고 소리소리 지르시고 나는 창문을 열고 오빠가 차선을 넘지 않게(정확히 말하면) 낭떠러지에 떨어지지 않게 오빠에게 오른쪽으로 가라, 왼쪽으로 가라 소리를 쳤었죠. 정말 창밖으로 고개를 빼고도 하얀 차선 하나 보이지 않을 때에는 어질어질했어요.

우리 식구 모두 손에 땀을 쥐며 앞을 쳐다보았죠. 짙은 안개밖에 없는 앞을. 그 순간에도 난 정말 멋있다고 생각했어요.

구름 속에서는 Headlight도 소용없어 끄고 운전을 했어요. 모두들 소리 지르고 두근두근한 그 thrill 속에서 기적적으로 살아남아 '남 설악 호텔'에서 방 2개를 얻어 낮에 준비한 닭다리 튀김하고 주먹밥을 먹고 예배를 드렸어요. 여행을 나와서까지 예배를 드릴 거라 생각조차 못했지만 우리 아버지의 믿음 안에서는 불가능이 없지요.

호텔은 온천물이라 맑은 기분으로 샤워를 했어요.

오늘은 4월 마지막 날이에요. 4월 달을 어떻게 보냈는지 무슨 일이 있었는지 기

후드득 후드득 하늘통신

억조차 없어요. 다가오는 5월 달은 좋은 일이 있었으면 좋겠는데.

이름은 호텔이지만 온돌방에 들어오면 보통 여관방이랑 다를 게 없어요 이런 방에서는 특이한 냄새가 나요 그래서 나는 잠이 들기가 힘이 드는데 오늘은 더운 물에 목욕을 했더니 괜찮을 것 같네요

이만 쓸 게요 볼펜이 잘 나오지 않는군요 안녕.

#5월 1일 수요일

5월 달의 시작이군요.

한국에서는 오월은 가정의 달, 기쁨의 달입니다.

5월 1일 - 근로자의 날, 5월 5일 - 어린이의 날

5월 8일 - 어버이의 날, 5월 15일 - 스승의 날

그리고 가장 중요한 날.

5월 24일(석가탄신일) - 현아's birthday.

현아가 이 세상에 태어난 것이 정말로 모든 사람들, 특히 한국 사람들에게 기쁨을 주는가 봅니다. 내 생일날은 항상 놀기 때문이죠(Holiday!!)

이번 5월 달은 정말 알차고 보람되고 행복하게 보내야겠어요. 그리고 당신도 그러길 바래요. 지금은 물론 어둔 밤이고요 창밖에는 부슬부슬 비 내리는 소리가 들리는 여기는, 우리 방이에요. 드디어 무사히 집에 귀가, 잠들기 바로 전이죠.

여행에서 무슨 일이 있었나 지금부터 얘기해 드릴 게요. 듣고 싶지 않더라도 소

후드득 후드득 하늘통신

용없어요. 듣기 싫다는 소리가 들리지 않으니 듣길 원한다는 걸로 간주하고 시작할게요.

새벽 6시 반

갑자기 문을 두드리는 소리에 작냐가 문을 여니 엄마가 문밖에 계셨어요. 얼른 일어나 세수하고 화장하라는 것이었죠. 우리들은 아침식사로 바닷가 앞 식당에서 실컷, 원 없이 회(sashimi)를 먹기로 했어요.

이불 속에서 일어나기가 정말 힘들었지만 7시가 넘어 우리는 '남 설악 호텔'에서 나와서 안개가 그윽이 낀 폭포를 배경으로 사진을 찍었습니다. 그 작으면서도 소리가 요란한 폭포를 보고 있자니 정말 신선이라는 게 있을 것도 같았어요. 아니 내가 이런 곳에서 몇 년이고 산다면 신선이 될 것 같기도 할 거라는 생각을 했지요

정말 아름다운 한계령을 드디어 벗어나 이제 바다로 향했어요. 비는 이제 그쳤어도 하늘은 여전히 어둡게 가라앉았었죠. 머지않아 바다를 볼 수 있었어요

3~4m 정도 되는 큰 파도가 세찬 바람에 못 이겨 철썩 철썩하는 모습을 보니, 내 마음속에 있던 모든 근심과 걱정 그리고 불안들이 다 부서져 없어지는 기분이 들었어요.

우선은 아침을 먹으러 '대포항'에 들렀어요. 셀 수 없이 많은 갈매기들과 그 만큼 많은 작은 배들이 있는 대포항. 깨끗하지도 분위기도 없는 시골 장 같은 느낌이 들었지만 그래도 세상을 처음 보는 신선한 고기들을 구경하느라 정신이 없었죠.

어느 한 집에서 여러 종류의 고기, 한 8~9마리를 골라 즉석에서 회를 먹었어요. 현아는 회를 별로 안 좋아한다는 것 알고 있죠? 그래서 조금밖에 먹지 못했는데 우리 식구들은 그 많은 걸 어떡해 먹냐면서도 어느새 다 먹어 치웠지요. 그리고 얼큰한 매운탕과 밥을 먹었어요. 그 후에 싸고 싱싱한 생선들을 그냥 두고 갈 수 없어서 16마리 이면수를 만 원 주고 사구요. 조개랑 여러 가지 매운탕거리도 또 만 원어치, 미역, 다시마, 북어도 샀습니다. 그리고는 드디어 바다를 향해 떠났죠.

속초에 다다르자 차를 세웠습니다.

차가운 바람, 높은 파도, 부딪히는 물소리, 넓고 넓은 수평선, 낮은 회색 구름. 이것이 현아가 회상하는 바다 풍경입니다. 현아는 바다를 사랑합니다. 산도 좋아하지만, 바다냐? 산이냐? 하고 물으면 망설이면서도 바다라고 대답할 겁니다. 특히 오늘 본 바다를 사랑합니다. 정말로 매서운 바람에 대항하듯 소리 지르며 부서지는 파도.

그 똑같은 바다를 구경하러 왔어도 사람들은 제각기 반응이 다릅니다. 어머니와 작냐는 파도에 이끌려 나온 다시마나 미역을 줍는데 열심이고요. 아버지는 모래사장 위를 열심히 달리십니다. 꼰냐는 그림을 그린다고 아름다운 풍경을 찾아 사진을 찍고요. 오빠는 미스 김에게 줄 조개껍질을 주우러 멀리까지 나갔습니다. 그리고 현아는 조금이라도 바다와 가까운 높은 바위를 찾아 멀고 넓은 수평선을 바라봤지요. 그 누군가를 생각했는지 어쨌는지 기억이 나지 않습니다.

기억에 남을 바다였지만 너무 추워서 오래 머물지 못한 것이 아쉬웠습니다. 돌아오는 길에 설악산에 잠깐 올라가 사진을 찍고 한계령 밑에 있는 '오색 온천탕'에 들어가 목욕을 했습니다. 정말로 물이 좋은 건지 온천탕에 들어갔다 나오니 살이 뽀드득 뽀드득 소리도 나고 보들보들해졌답니다. 언니들은 제 피부가 고와졌다고 애기도 해주었지요.

한계령을 넘어오는데 또 구름이 낮게 떠 있어서 운전하는데 힘이 들었지만 그래도 낮이라 그다지 어렵지는 않았습니다, 게다가 올라오는 길에 산 중턱에 고여 있는 하얀 구름이 너무 멋있어 사진을 찍었답니다.

양평을 지나올 때까지는 차가 막히지 않았는데 양수리에 어느 정도 다다라서 막히기 시작했지요. 우리 집에서 2mile 정도 남겨놓고요. 너무 막혀서 차가 전혀 움직이지 않았다 해도 과언이 아닐 정도였습니다. 참다못한 아빠와 엄마는 걸어가셨구요. 한 30분 있다 나도 걸어가기 시작했습니다. 그때가 8시가 거의 된 시각이었죠. 서 있다시피 하는 차와 버스를 지나 엄마와 아빠를 만나러 뛰어갔습니다. 혹시나 노상 방뇨하는 남자나 담배를 피우고 있는 남자들을 보면 무서워서 더 빨리 걷기도 하고 괜히 차에서 내렸구나 하는 후회도 했지만 멀리서 엄마의 옷자락이 보이기 시작하니 안심이 되더군요.

엄마와 아빠의 팔짱을 낀 뒷모습을 보니 기분이 따뜻해졌습니다. 그래서 내가 왔다는 걸 알리지 않고 가만히 뒤에 걸어갔습니다.

집에 도착하니 9시가 되었습니다. 차를 타고 온 언니와 오빠는 9시 45분에 도착했지요. 가정예배를 드리고(어김없이) 지금 잠을 청하려 이불 속에 들어가 있습니다.

내일은 어떤 하루가 기다리고 있을까요?

엄마와 딸1

엄마는 오늘도 된장찌개를 끓이셨다. 딸은 오늘도 상 위에 올려진 찌개 냄새에 잠을 깼다. 엄마는 오늘 또 말씀하셨다. "작작 먹어라."

딸은 엄마 몰래 밥 한술 더 먹었다. 가슴 떨리면서.

\# 엄마와 딸 2

한가한 오후 햇살이 살랑거리는 바람과 함께 창문 사이로 엄마와 딸이 나란히 누워있는 방을 감싸고, 엄마도 펑퍼짐. 딸도 펑퍼짐….

모두 잠들어 버릴 것 같은 조용한 한낮에 딸은 가까이에 있는 엄마에게 그리움으로 글을 쓰고 엄마는 무엇이 묻었는지 딸의 머리만 하염없이 가만 가만 쓸고 있다.

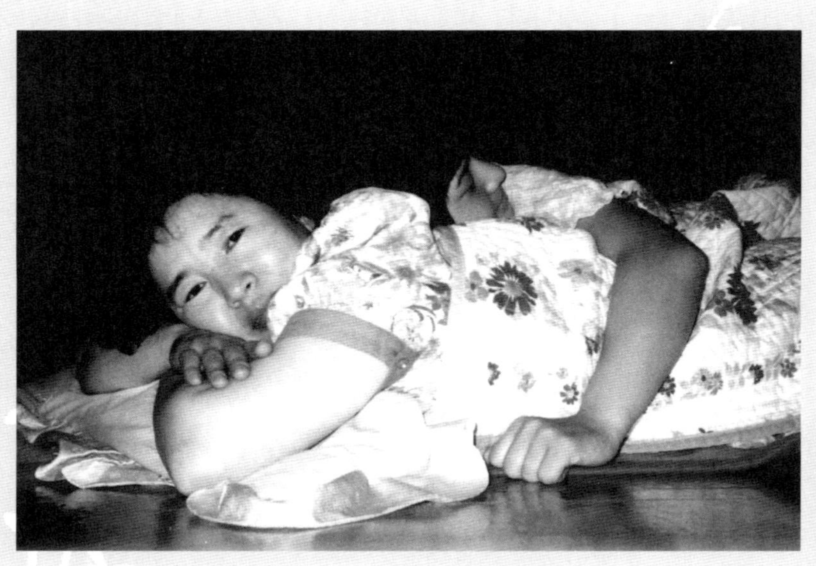

엄마와 딸 3

지금 딸의 나이에 엄마는 결혼하고도 2명의 아이를 낳았는데 같은 나이의 딸은 아직도 엄마 치마폭에서 놀고먹고 싶기만 한데, 엄마는 예전 그 나이에 어떻게 아이를 낳아 기르셨을까? (엄마는 아빠가 계셨었다고 변명하신다) (진짜라고 딸의 엉덩이를 쳤다)

하루하루가 지나가고 또 다른 해 그리고 다른 해로 바뀌어서 무정한 세월이 흘러도 딸은 언제나 노래를 부를 것이다.

"엄마, 엄마 이리 와 요것 보셔요. 병아리 떼 쫑쫑쫑 놀다 간 뒤에 미나리 파란 싹이 돋아났어요. 미나리 파란 싹이 돋아났어요."

딸은 인생이 뭔지 모른다. 이대로 살고 사랑하고 싶다.

'세월은 유수와 같다고 하지.

그 흐르는 물은 역행할 수 없다고 하지. 그러나 죽을 곳을 찾아 거꾸로 올라가는 연어처럼 나도 뒤돌아 갈 순 없을까. 울고 싶지만 웃고 있는 내 모습… 웃고 있지만 울고 있는 내 모습을 보며 이 만큼 나도 흘러내려 왔구나 느낄 때마다, 시도해 보고 싶다.

아직 늦지 않았다면, 이것이 죽음에 이르더라도 단 한번 연어처럼 거꾸로 가고 싶다.'

'내게 주어진 시간은 한계가 있다. 이때 예수님이라면 어떻게 하실까? 내가 돈을 버는 이유 – 다른 사람에게 주기 위해.'

'그림처럼 이쁜 세상.

근심, 질투, 경계심 없이 다정다감한 세상.

마음이 쓰려서 흘리는 눈물 없고 그 눈물 보일까 봐 고개 숙일 이유 없는 세상.

나,

그곳에서 변하지 않은 모습으로 살고 싶다. 어린 왕자가 길들인 사막여우 같은 사람 만나서 새침데기 장미의 가시 돋친 말도 깊은 웃음으로 받아 넘기고 붉게 물든 저녁노을을 매일 다르게 감탄하며 살고 싶다.'

행복한 결혼 생활을 할 수 있는 남편감

1. 귀를 열어 들어 줄 준비가 된 사람

2. 입을 열어 대화를 나눌 수 있는 사람

3. 마음을 열어 속을 드러낼 수 있는 사람

4. 계획을 함께 세워 부인과 인생을 가꿀 수 있는 사람

기분이 이상하다.

목소리가 가라앉은 것을 보면 감기 초기인 것 같고 공기 속을 날아다니듯 붕 떠있는 걸 보면 기분이 좋은 것 같기도 하고

괜스레 찬바람이 스쳐 가면 가슴이 저며와 '도르르' 떨어질 것만 같은 눈물을 참아내는 걸 보면 우울한 것 같기도 하고

둥근 보름달에 옛일 하나 되씹어 보며 씁쓸한 미소를 짓는 걸 보면 허무한 것 같기도 하고 그런데 정작 누가 볼 세라 메모지에 *끄적끄적* 적어 놓은 것은 '그리움'

내가 배우고 싶은 것

1. 드럼

2. Pottery

3. 일본어

4. 한문

5. 수학

6. 세계사

너를 낳고 처음 운 날. 황달로 너만 병원에 남겨둔 채 퇴원한 뒤 얼마나 울었는지. 초유를 먹여야 한다는 생각에 밤중에 가서 자는 너를 깨우고 젖을 물렸었어, 눈물도 같이. 앞으로 엄마 눈에 눈물 흐르게 하지 않을 꺼지? 울 아가… 건강하게만 커다오

탄생 노트 1

Begin each day with
your favorite music

#탄생노트 2

　사진에서 엄마가 뭐하고 있는 거 같아? 엄마가 그날 너무 행복해서 기념으로 사진 찍은 거야. 네가 영아산통으로 아파해서 안아줘도 울기만 했었거든. 아직 백일도 되지 않은 널 안고 한의원에 가서 사혈을 하고 오니 보채기는 해도 안아주면 울음을 그쳐서 얼마나 기쁘던지 그때 기념사진을 찍은 거야. 너도 오랜만에 웃는 엄마얼굴이 신기했나 봐, 그치?

탄생 노트2

Stay out of nightclubs

#탄생노트 3

할머니가 백일상을 멋지게 차려 주신 날은 울 아가 백일 되기 며칠 전이었어. 자세히 보면 알 수 있을 거야. 초췌해진 엄마의 모습. 정빈이가 밤에 잠을 30분마다 깨는 바람에 수면부족으로 많이 힘들었었어. 급기야는 병원에 입원하게 되었고 할머니가 정빈이를 밤에 돌봐주시는 상황까지 가게 된 거지. 그래도 그때 생각해 보면 내 몸이 아픈 것보다 정빈이에게 젖을 떼게 하는 게 더 마음이 아팠었어.

탄생 노트3

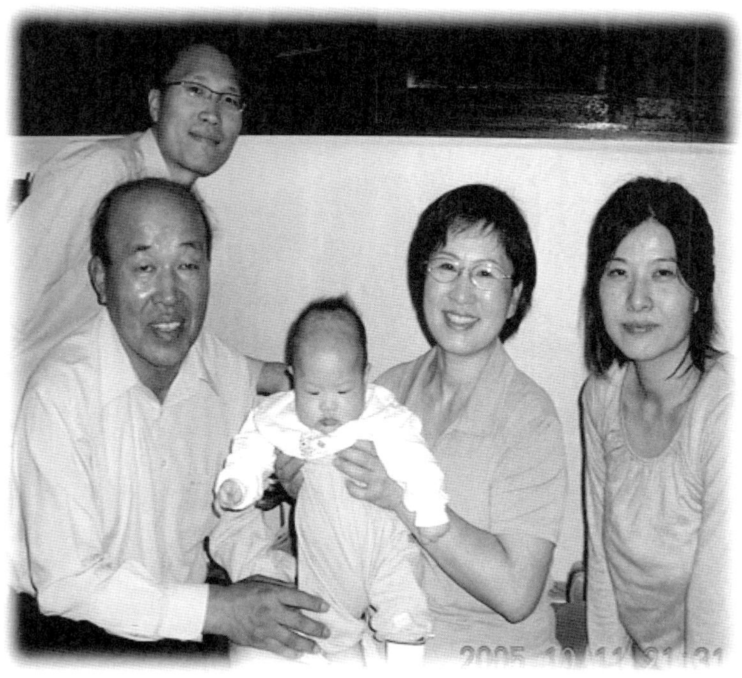

Don't let your
possessions possess you

탄생노트 4

백일이 얼마 지나지 않아, 넌 뒤집기 시작했어. 어떤 엄마는 아기 처음 뒤집는 걸 볼 때 눈물 난다 하던데 난 오호 뒤집는군… 하는 생각뿐. 오히려 장난감을 처음 잡았을 때 눈시울이 뜨거워지더라. 마냥 힘없이 누워있기만 했던 네가 장난감을 손에 잡았을 땐 감격이었어. ^^ 물론, 어느 모습 하나 이쁘지 않은 적이 없었지만.

탄생 노트4

Never underestimate
the power of a kind word

\# 탄생노트 5

드디어, 네가 기기 시작했어. 기기 전 앉기 시작했을 때 네 주위에 베개나 쿠션으로 바리게이트 쳐놓고 장난감 하나 쥐게 한 뒤, 10분 동안의 자유시간에 희열을 느꼈었지. 앉기 전까지 넌, 내가 화장실조차 가지 못하게 하고 항시 네 눈동자에 내가 있어야 했기에 그 10분이라는 자유시간이 정말 달콤하게 느껴졌었어.

탄생 노트5

Focus on making things
better, not bigger

#탄생노트 6

임신 때 그렇게 기도 드렸지만, 넌 아토피였다. 아토피가 심하군요… 라는 의사의 말을 듣고 드디어 올 것이 왔구나 라는 느낌…. 바로 마트에 가서 오일을 사면서 왜 세상이 그토록 슬퍼보이던지, 계산대도 사람들도 심지어 아이스크림만 봐도 눈물이 나왔었다. 난 이렇게 아토피를 극복했다는 책도 보고 좋다는 로션, 목욕제, 한약, 황토, 숯, 알로에, 안 해본 게 거의 없을 정도였지만 아토피의 원인은 아이러니하게도 그렇게 고집스럽게 먹이려고 했던 모유였었다. 그 사실을 알고 못내 충격이었지만 모유를 끊자 네가 나아지는 모습을 보니 더 이상 고집을 피울 수가 없었다. 물론 나중에 한 번 더 시도를 했었지만… T-T

탄생 노트6

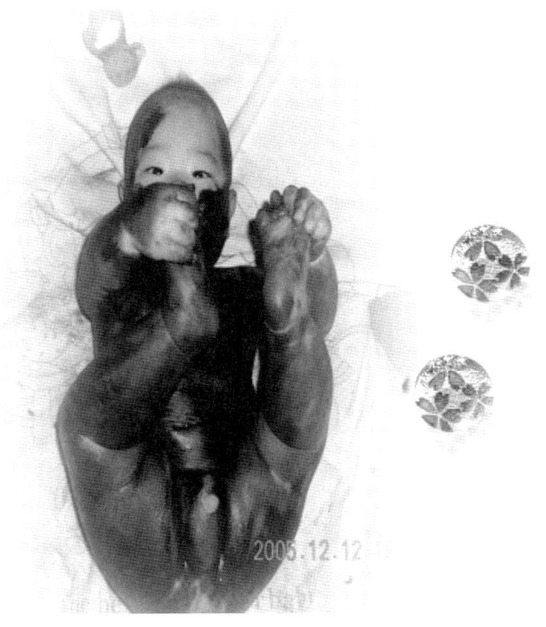

Don't expect life to be fair.

네 걸음마는 유독 빨랐었다. 기기 시작하자마자 서있더니, 걷게 해 달라고 내 손만 찾곤 했다. 일부러 기게 하려고 이런저런 방법도 써 봤지만 소용없었어. 행여나 너무 빨리 걸어 다리가 휘는 건 아닐까 걱정이 됐었거든. 그러고 보면 엄마들은 항상 걱정을 안고 사는 거 같아. 너무 늦게 걸어 걱정, 너무 빨리 걸어 걱정.

엄마는 손에 잔금이 많아 유독 걱정거리를 찾으며 살아왔기에 더 심했는지도 몰라, 그런 점은 엄마를 안 닮았으면 좋겠는데….

탄생 노트7

Become the most positive
and enthusiastic person you know

#탄생노트 8

또 안 닮았으면 하는 점 하나 더 있다면, 엄마의 군것질 좋아하는 식성. 뻥튀기만 봐도 달라고 하는 널 보면 절망적이긴 하지만, 좀 더 커 봐야 알겠지. 물론 아빠 식성 닮는 것도 곤란해. 매일 닭튀김, 오징어 튀김, 부침개에다 군만두만 해 달라고 조를 테니… 엄마, 아빠의 좋은 점만 닮기 바라는 건 너무 큰 욕심인가? 결국 넌 엄마, 아빠와 별개의 또 다른 성인이 될 테니… 엄마가 바라는 건 단 하나, 그저 잘 먹고 건강하라는 거 아프면 혼나~ 미워할꼬야~

탄생 노트8

Be kinder than necessary

나의 사랑, 나의 행복, 나의 기쁨, 나의 자랑, 나의 소중한 존재. 하나님이 너를 나의 아들로 삼게 해주신 이유가 있겠지. 그 사명을 다하고 싶다. 널 어떤 아들로 키우려고 노력하기보단 엄마는 네가 곧은 사람으로 자랄 거란 믿음을 가지고 곁에서 지켜보는 너의 제2의 후원자가 되고 싶다. 언제나 네겐 나보다 더 든든한 제1의 후원자, 하나님이 계시다는 사실을 잊지 않게 해주면서. 내 생이 다할 때까지 내가 네 엄마란 사실은 변하지 않을 거고, 그 사실이 부끄럽지 않게 오히려 자랑할 만한 사실이 되도록 엄마, 노력할 게. 너도 지켜봐 줘.

2006. 6. 28 너와 한 몸이었던 엄마가.

탄생 노트9

Smile a lot.
It costs nothing
and is beyond price.

3장

편지함

첫 번째 편지- 친구 윤희

네가 떠난 지도 벌써 2년이 다 되가는구나.

너란 아이는 어떤 아이였을까… 우린 초등학교 4학년 때 만났지… 발육이 늦어서 꼬마였던 나를 넌 마치 아기처럼 날 돌봐줬었어. 하긴 당시 너의 꿈이 보모였을 정도로 넌 아이를 무척 좋아했지. 그때의 추억은 참 희미하지만 중3 때 같은 반이 되어 그때부터 우리의 끈은 다시 이어져 왔지.

지금 생각해 보면 너는 어느 누구를 만나도 친구가 될 수 있었어. 대화하는 동안 상대방의 마음 설레게 하고 나 자신을 특별하게 느끼게 해주는, 무엇보다 너랑 있으면 지루하지 않게 하는 마력을 가진 아이였어. 그것이 너의 미모 때문이라고 믿은 적도 있지만 어쩌면 예쁜 얼굴 때문에 너의 다정함과 섬세함이 가려지는 것도 같아.

너는 참 정이 많고 다정한 아이야. 빌라로 이사 가며 다른 집으로 보냈던 진돌이를 보러 한참이나 다녔던 것. MT 때 첨 먹어본 술 때문에 실수해 괴롭던 날 위해 경기도에 있는 학교까지 바로 와 주었던 것. 그게 얼마나 큰 힘이 됐던지….

또 넌 깜찍하게 사람을 놀래키는 아이야. 너의 부재로 힘들어할까 그랬는지 갑자기 미국으로 간다고 급 발표하고는 얼떨떨하게 너와의 이별을 맞았지… 무엇보다 미국에 있는 줄만 알았던 네가 '여기 한국이다 양수리로 와' 해서 널 만나러 청량리에서 양수리로 갔던 날, 그 기분이란.

그리고 하나도 변하지 않은 모습으로 자전거를 타고 마중 나온 네 모습이 인상 깊게 남아있다. 넌 자주 그렇게 나타났었지. '짠' 하고… 어쩜 너의 마지막도 이처럼 갑자기 이뤄진 걸까. 아니 누구나의 마지막은 다 이런 것일까. 아무 준비도 못했는데….

지난 2년 동안 너의 가족을 제외하고 너를 그리워한 사람 중의 하나야. 너의 마지막을 지키지 못한 서글픔. 나를 위해서 무리해서라도 가봐야 했던 걸까… 우연찮게 산고의 고통을 겪고 있었던 그 날, 넌… 하늘나라로 떠났지… 하지만 산고보다 네가 더 힘들었을 거란 생각에 마음이 아팠다 친구야. 다 그러더라. 그래도 너의 마지막 가는 길에 다녀와서 마음이 좀 편해졌다고….

그래서인가… 그러지 못했던 나는 하늘을 많이 쳐다보고 태어난 아기를 보며 많이 울기도 했다.

나 작년까지 힘들다가 또 당돌하리만큼 씩씩한 너의 모습을 떠올리며 네가 주는 교훈을 보며 열심히 살려고 한다. 학창시절 이후(그땐 다 철이 없었음^^) 넌 참 열심이었지. 또 결단을 내리면 냉정한 추진력도 있었지. 수지침, 유기농 살림 그리고 한의학도 배우고 싶어 했지. 그리고 맘먹은 일은 참 열심히 했어.

나랑 달리 넌 천성이 부지런한 아이야. 이렇게 너의 지혜가 필요한데… 미국에 있을 때처럼 목소리라도 들었으면… 너 보내고 가슴 절절히 느끼는 건 주위 사람들에게 있을 때 잘해주려고 노력하자는 거야. 곁에 있을 때 한 번 더 포옹해주고 한 번 더 통화하고 한 번 더 따뜻한 말 한마디 하고….

현아야, 우리 만날 때까지 잘 있어. 그 동안 너한테 말하지 못한 게 하나 있는데… 넌 참 좋은 녀석이야.

두 번째 편지 – 이민범 목사

　새벽에 늘 앞자리에 앉아 기도하는 장로님이 어느 날 출산을 앞두고 있는 막내 딸아이가 급히 병원에 입원하게 되었다며 "목사님 현아를 위해 기도해 주세요"라며 간절히 말씀을 하였습니다. 이것이 현아 집사님과의 깊은 기도의 첫 만남이었습니다.

　"목사님! 말씀이 귀에 쏙쏙 들어와요. 너무 좋아요"라며 주일 예배를 드리고 성도들과 식사준비를 하고 있는 저에게 다가와 마냥 즐거워하는 어린 소녀처럼 말을 하였습니다. 그 목소리가 저의 마음에 들어와 기쁨을 주며 겸손하게 했습니다.

　순박하고 수수한 현아 집사님은 많은 것들을 남겨준 따뜻한 분입니다. 그리고 자신을 통해 많은 사람의 마음에 담겨 있는 눈물의 샘을 흐르게 한 분이기도 합니다. 한 알의 밀알이 되어 가족을 하나님께로 더 다가가도록 하였습니다.

　"현아 때문에 그 동안 말랐던 눈물의 샘이 터져 나왔어요."라며 하며 말했던 집사님의 어머니의 소리가 지금도 들립니다.

차를 운행할 때면 옆에 카시트에 앉아 있는 첫아이와 둘째 아이에게 미소를 지으며 즐겁게 말합니다. "이거 현아 집사님이 너를 위해서 준 선물이야."

홀로 차를 몰 때는 빈 카시트를 보고 지난날의 생각들이 떠올라 자연스럽게 눈물이 흐르기도 합니다. 사랑의 빚을 갚을 기회도 주지 않고 먼저 주님과 함께 있는 집사님. 지금은 이곳에 남아 있는 사랑하는 사람들보다 행복한 가운데 주님 옆에 서서 우리를 지켜보고 있을 집사님. 그 날에 주님 앞에 나아가 현아 집사님을 주님께 자랑하렵니다.

소망하기는 현아 집사님과 관계된 모든 분들이 하나님께서 당신의 소유를 찾으시는 그 때에 전능자의 품 안에 안겨 있음을 기억하여 슬픔을 멀리 띄워 보내기를 바랍니다. 그리스도께서 찾으시는 자가 나에게서 잃어버린 바 되었다 생각지 말고 다시 만나게 될 영화된 몸을 기대하기를 부탁드립니다. 이제 하나님께서 깨닫게 해 주시는 것에 따라 각각의 위치에서 사명을 다하여 그 날에 아름다운 만남이 되기를 소망합니다.

아마도 현아 집사님은 이 땅에 있는 가족들이 더 행복하게 되기를 원하고 있을 것입니다. 주님의 품에 있는 현아 집사님의 마음을 생각해 보기를 바랍니다. 아니 우리 주님의 뜻이 무엇인지 깊이 생각하기를 원합니다.

후드득 후드득 하늘통신

주님! 주님의 사랑하는 현주, 현미 집사님의 마음을 품으시고 주께서 보시는 그 눈을 갖도록 열어주셔서 그 영광의 날들을 바라보며 주께서 기뻐하시는, 천국에서 보고 있는 사랑하는 현아 집사님의 소원을 앎으로 복된 순례의 길을 걷게 하시옵소서.

세 번째 편지 - 큰언니

현아야, 첫 개인전을 앞둔 어느 가을날, 그림 소재를 찾으러 떠난 적이 있었지? 수동 카메라를 메고 자전거를 끌고 길을 나섰잖아. 나는 네가 운전하는 자전거 뒤에 앉았지. 둘이 함께 탄 지 오래 돼서 처음엔 비틀거리는 등 꽤 어설펐지만 곧 너와 나는 자전거에 익숙해졌지.

읍사무소와 양수역을 지나 한산한 부용리 시골길에 다다랐을 때 우리 앞엔 노랗게 무르익은 황금빛 논이 펼쳐졌었단다. 높고 푸른 하늘에 따사로운 햇빛, 가도 가도 끝없는 벼 밭의 향연은 우리를 감동케 하기에 충분했어. 불어오는 바람은 이내 너와 나를 감싸주었고 노랗게 물든 벼와 부딪쳐 푸드득- 소리와 함께 물결을 일으켰지.

나는 이에 질세라 구도 좋은 곳에서 연신 카메라를 눌렀어. 우리는 다시 좋은 곳을 찾아 이곳저곳을 돌아다녔지.

너는 조금이라도 좋은 작품을 찍게 해주려고 나보다 더 열심히 자전거 페달을

후드득 후드득 하늘통신

밟으며 찾아 다녔어. 층층이 논밭이 황금빛을 내며 빠르게 지나갔지.

그때 불렀던 노래가 떠오른다. "넓은 들에 익은 곡식, 황금물결…"

그날에 정작 잊혀지지 않는 모습이 하나 있지. 그건 힘든 내색하지 않고 열심히 나를 위해 자전거를 운전해주던, 나를 보고 해맑게 웃던 너의 투명하고 여린 얼굴이었어.

\#네 번째 편지 — 형부
작은처제를 생각하며

"여보! 여보 어떻게 해…" 아내의 다급하고 떨리는 목소리….

아내의 전화를 받은 것이 엊그제 같은데 벌써 2년이란 세월이 흘렀다.

항상 웃는 얼굴에 맑고 깨끗한 심성을 가진 처제는 사랑하는 남편과 아들 그리고

가족들을 떠나 지금도 완전히 이해할 수는 없지만 그분 곁으로 갔다.

처제를 생각하면 난 항상 두 가지의 일을 함께 떠올린다.

처제가 중환자실에서 생사의 기로에 놓여 있을 때 아내와 난 처제를 위해 많은

기도를 했다. 지금 생각해보면 그 당시처럼 열심히 기도를 한 적은 그 이전에도

그 이후에도 없는 것 같다. (물론 나의 생각이지만…)

그 날도 아내와 함께 기도하던 난 너무도 놀라운 일을 겪게 되었다.

"불러라…. 외쳐라…. 목 놓아 부르짖어라. 그리하면 내가 들으리니 이 또한 나의

뜻이니라."

마치 네온사인의 간판처럼 너무도 선명하게 내 머리 속을 파고든 이 말을 기도가 끝난 후 아내에게 말하자 아내는 하나님이 당신에게 역사하신 것이라고 기뻐했다.

나 또한 기뻤다.

하나님이 나에게 역사하셨던 것보다 이 말대로 하면 처제에게 좋은 일이 있을 것이라는 믿음 때문에… 그리고 확신했다. 많은 사람들이 처제를 위해 기도를 하고 있으니 반드시 처제는 일어날 것이라고 확신하고 믿었다.

하지만 처제는 앞서 말했듯이 쓰러진 지 40여 일만에 그분 곁으로 떠나갔다.

이 일로 난 한 동안 약간의 죄책감에 휩싸였다.

혹시 처제가……

그때 난 목 놓아 부르짖어 기도하질 못했다….

처제가 떠나 간 지 한두 달 흘렀을까, 처제의 일로 슬퍼하고 상념에 젖어 있는 아내와 함께 교회에서 예배하던 중 목사님의 기도가 끝나 눈을 떴을 때 내 눈 앞에는 처제가 있었다. 너무나도 활짝 웃고 있는 처제 생전 그대로의 모습이었다.

너무도 선명했다. 그 큰 예배당이 잠시나마 온통 처제의 환한 얼굴로 가득했고 빛났다.

내 이야기를 들은 아내는 너무도 기뻐했다. 눈물을 글썽이며…. 그리고 재차 확인하듯 물어보았다.

진짜냐고…. 아마도 자신을 위로하려는 거짓말이 아니냐는 듯…. 일순간 나도 의심했다. 나의 환상이 아닌가 하고. 하지만 난 믿고 싶다. 아니 믿었다. 처제는 분명 하나님 곁에 있다고

이 일을 난 처제가 사랑하는 가족에게 주고 간 마지막 선물이라고 생각한다. 생전에 처제가 그랬듯이….

가끔 왜 하나님이 처제를 그렇게나 일찍 데리고 가셨는지 그리고 위 두 가지 일이 왜 나에게 일어났는지 의문이 생길 때마다 난 다음과 같이 생각한다.

지금도 내 부모님의 마음을 내가 잘 모르고 아니 어쩔 때는 내 자신의 마음도 내가 잘 모르는데 어찌 그분의 마음과 뜻을 내가 헤아릴 수 있을까?

단지 그분이 하시는 일을 묵묵히 받아들이고 믿는 것이 최선이라고….

후드득 후드득 하늘통신

 # 다섯 번째 편지 ─ 남편

현아야,

　며칠 전 집에 돌아와 현관문을 여니 여느 때처럼 정빈이가 생글생글 웃으며 나를 반겨주었단다. 그리고 유치원에서 받아온 것들을 자랑스레 내게 내밀더구나. 이것 저것 칭찬해주고 있는데 그 중에 가족소개표란 것이 눈에 띄었어. 가운데 가족사진을 붙이고 그 둘레에 아빠, 엄마, 형제들을 소개하는 글을 적어서 유치원에 가지고 가야 한단다. 이럴 때마다 참 난감해. 엄마란을 비워서 보낼 수도 없고….

　네가 하늘나라로 먼저 간 지 2년이 되어 가네. 며칠 전에 우연히 정빈이가 너의 사진을 보고 있길래 누구냐고 물었더니 현아 이모란다. 순간 가슴이 먹먹해졌어. 늘 이종사촌들과 놀다보니 형들이 부르는 대로 따라 불렀나보다. 신기하게도 엄마에 대해 묻지도 않아. 녀석도 뭔가를 알고 있는 건지. 너를 기억하고는 있을까?

　지금도 컴퓨터에는 너와 정빈이를 함께 찍은 사진들로 가득해. 사진 속의 너는 갓난아이인 정빈이를 안고 천국에서나 볼 수 있을 법한 행복한 미소를 짓고 있어.

그런데 네가 쓰러지기 전 마지막으로 찍은 사진에서는 얼굴이 왠지 파리하다. 너는 죽음을 예감한 걸까? 쓰러지기 며칠 전에는 그동안 잘 대해 주지 못해 미안하다는 내용의 문자 메시지를 보내왔었지. 나야말로 너에게 못해준 일투성이라 늘 회한의 짐을 지고 살고 있건만.

그래도 곰곰이 생각해 보면 둘이 행복했던 시간들도 적잖이 있었던 듯하다.

너와 난, 선배 소개로 2003년 3월 1일 검단산 어귀에서 만났지. 산 정상에서 쉬면서 바로 서로에게 반말을 할 정도로 스스럼없는 첫 만남이었어. 그 해 가을 내가 직장을 얻은 후에 본격적으로 교제를 시작하면서 남들과 달리 우린 주로 너의 집에서 데이트 아닌 데이트를 했었지. 너의 집, 그러니까 지금의 처가는 산 아래 아담한 2층 전원주택이었는데 주위에는 잔디밭과 나무들로 둘러싸여서 동화 속에 나오는 집처럼 예뻤다. 1층에는 거실과 부모님 방이 있었고 2층에는 너의 방이 있었지.

집에서 저녁을 먹고 난 뒤 별다른 일이 없으면 너의 집에 놀러가곤 했었는데 그 당시 난 차가 없었기에 우리 집에서 버스를 두 번 갈아타고 근처 읍내까지 간 뒤 다시 택시를 타고 가야했었어. 택시에서 내려서도 너의 집까지 다시 3분쯤 걸어 올라가야 했었다. 사방이 깜깜한 산기슭에 2층 너의 방 창문에서 흘러나오는 불빛이 나를 환영해 주는 듯했지. 대부분은 미리 전화를 하고 갔지만 가끔은 놀래주려고 불쑥 찾아가곤 했는데, 후에 너는 저녁때면 2층 방에서 창 너머 길가를 바라보며 혹시 내가 걸어 올라오지 않나 물끄러미 바라보곤 했다고 했어.

너의 집에 가서는 1층 거실에서 함께 국화차를 마시며 책을 읽거나 네가 좋아하던 미국드라마『프렌즈』를 보곤 했는데, 요즘도 정빈이를 데리고 처가에 찾아가면 1층 거실을 둘러본 뒤 2층 너의 방에 올라가 봐. 그리고 네가 쓰던 침대에 누워 창밖을 바라보며 6년 전 가을 어느 밤에 내가 걸어 올라오는 걸 지켜보고 있었을 너를 떠올린다.

너는 하나님을 사랑했고 부모님과 형제들, 그리고 정빈이를 너무나도 사랑했으며 총명함과 지혜로움, 남에게 베풀기를 좋아하는 따뜻한 마음을 지닌 사랑스럽고 아름다운 여자였다. 난 늘 네가 나의 아내였다는 사실이 자랑스럽다.

오늘따라 유난히 계속 놀자고 졸라대는 정빈이를 겨우 달래서 씻기고선 함께 거실 소파에 앉았어. 정빈이는 자기 전에 만화영화를 꼭 두세 편 보고 잔다. 아니, 보다가 잠이 든다. 소파에 둘이 앉아 만화영화를 보고 있으면 연애시절 너와 함께 처갓집 1층 거실에서 텔레비전을 보던 일이 떠올라. 그때 함께 앉았던 소파가 지금 우리 집 거실에 있는 소파잖아.

똘망똘망한 눈망울로 만화영화를 보다가 어느새 잠이 든 정빈이를 안방에 누이고 다시 거실에 나와 소파에 앉는다. 창 밖 6번 국도에는 차들이 뜨문뜨문 지나가. 저 길을 타고 올라가다 보면 너의 집이 나오지. 문득 이런 기분 좋은 상상을 해봐. 오늘밤에 차를 몰고 너의 집에 도착해 전화를 걸어볼까? 네가 문을 열고 생긋 웃으며 말하겠지.

“국화차 마실래?”

후드득 후드득 하늘통신

후드득 후드득 하늘통신

1판 1쇄 발행 | 2009년 6월 14일

지은이 | 조현아, 조현주 외
그림 | 조현미
발행인 | 이선우
펴낸곳 | 도서출판 선우미디어
등록 | 1997. 8. 7 제300-1997-148호
110-070 서울시 종로구 내수동 75 용비어천가 1435호
☎ 2272-3351, 3352 팩스: 2272-5540
sunwoome@hanmail.net
Printed in Korea ⓒ 2009. 조현아, 조현주 외

값 10,000원

※ 잘못된 책은 바꿔 드립니다.
※ 저자와의 협의하에 인지 생략합니다.

ISBN 89-5658-220-3 03810